光阴对面

扈学秋 著

天津出版传媒集团
百花文艺出版社

图书在版编目（CIP）数据

光阴对面 / 扈学秋著 . -- 天津 : 百花文艺出版社，2023.5
ISBN 978-7-5306-8444-3

Ⅰ . ①光… Ⅱ . ①扈… Ⅲ . ①随笔—作品集—中国—当代 Ⅳ . ① I267.1

中国国家版本馆 CIP 数据核字 (2023) 第 002674 号

光阴对面

GUANGYIN DUIMIAN

扈学秋 著

出 版 人：薛印胜
责任编辑：魏 青
装帧设计：書點文化
出版发行：百花文艺出版社
地址：天津市和平区西康路 35 号 邮编：300051
电话传真：+86-22-23332651（发行部）
+86-22-23332656（总编室）
+86-22-23332478（邮购部）
主页：http://www.baihuawenyi.com
印刷：四川科德彩色数码科技有限公司
开本：880 毫米 ×1230 毫米 1/32
字数：163 千字
印张：6.5
版次：2023 年 5 月第 1 版
印次：2023 年 5 月第 1 次
定价：76.00 元

如有印装质量问题，请与四川科德彩色数码科技有限公司联系调换
地址：成都市郫都区成都现代工业港北片区港北二路 551 号
电话：028-88451797 邮编：610021

目 录

CONTENTS

约会春天

还在飘雪的冬季，我就在心里给了自己一个期许，等到花开时节，我要和春天有个约会，可是现在柳树早已经绿了，桃花也已经红了，梨花也已经白了，樱花更是缤纷烂漫，我却还在室内，没有时间出去。本来想好的今天下午去看看梨花，可是编辑明天有事，非要让我提前写周刊，计划没有变化快，今天下午的约定又要泡汤。之所以一次次希望总是变成失望，因为我这人太善良，总是不懂得拒绝，总是舍不得说不，宁愿为难自己，也要让他人舒服。

身体不出去，但是心灵可以出去。我的一位作家朋友曾经和我说过，你脑海中想到什么，你的面前就能看到什么，你想想你在什么地方，你仿佛就在什么地方。比如你想想你在一片烂漫的花中留恋，你的鼻子甚至能够闻到花香。你想想你在大海的岸边，你的耳中甚至能听到波浪的声音，你的脸颊似乎有了海风在吹拂。我有一位画家朋友，风度和气质特别好，就是因为他擅长的是山水画，每每提笔，山水已经在心中，身体已经置身山水之中，每天在山水中的人，气质焉能不好，风度岂能不佳。

想到这里，我决定，让自己的脑海中充满春天：春风在轻轻地飘荡，柳枝在轻柔地舞蹈，运河边的流水在音乐声中碧波荡漾。

小湄河的梨花，再次绽放，满树的白花，又在眼前飘过。梨花树下，还有各种野花在盛开，有流连戏蝶，有蜜蜂在忙碌，河边老人挂在树上的鸟笼里，时不时有阵阵悦耳的鸟鸣传来。漫步河边，滨河大道，樱花绚烂，河水荡漾，钓竿轻扬，一条条上钩的小鱼，正在钓钩上活蹦乱跳，河边小道，散步的人、健步的人，三三两两，在春风里徜徉。这是我心中的春天，我想我去了，也应该是这样。

今年的春天如此，去年的春天也这样，遥想两千多年前的庄周，庄周梦蝶，也应该是在春天，只有春天百花齐放、蜂飞蝶舞。“子非鱼，焉知鱼之乐？”庄周化鱼，也应该是在春季。大唐的时代，更是春天的时代。“渭城朝雨浥轻尘，客舍青青柳色新。”“等闲识得东风面，万紫千红总是春。”唐朝的春天，在老杜的心中，春天不仅仅是“国破山河在，城春草木深，感时花溅泪，恨别鸟惊心”。春天还可以有“好雨知时节，当春乃发生，随风潜入夜，润物细无声”。唐诗宋词里面的春天太多太美。

发生在春天的事情也有很多，宋仁宗庆历五年（1045）春，范仲淹写下了名传千古的《岳阳楼记》。古人笔下的春太多，近代散文大家朱自清的《春》，相信大家都会背诵。

春天来了，该出去走走就出去走走，不仅仅是为了健身，也不仅仅是为了春天。都春天了，你还待在室内，热爱生活岂不是只在口中。

约会春天，要用行动表示，就算不出屋，心中也有春天，更要走出去，让身体也在春天里。

小湄河的梨花

我原来在聊城开发区住，住的地方离小湄河湿地公园不远，每天清晨或者闲暇时间，总喜欢到小湄河转一转。小湄河湿地公园，在此以前甚至在此之后很长一段时间，都是开发区最好的休闲放松的地方。你能想到的，公园里的各种景致，这里基本上都有。春有樱花、桃花、梨花、迎春花等；夏有荷塘、有荷花、有鸣蝉、有青蛙；秋有月色朦胧、有瓜果飘香、有枫叶红；冬有雪花落在茅草上、树枝上、小亭上，也是一幅别致的水墨画。一年四季，三季花香不断，蓝天碧水，鸟语花香，有人不多，或三三两两，或单独漫步，有放风筝的，有垂钓的，有跳舞的，有打太极的，一幅其乐融融的人间美景。人在风景中，便也成了风景。

小湄河的一年四季都漂亮，身在哪个季节，就会感觉那个季节最漂亮。留在我记忆中的，是小湄河的那一片梨花。爱美之心，人皆有之，好多年了，每年的春天，梨花开放时，我都会陪妻子去几次，留连在梨花丛中，品味春天的美好，领悟生活的魅力。

现在又是春暖花开的时刻，又是柳绿桃红的时节，虽然住得离小湄河远了一点，妻子也屡次提议，再去小湄河看看梨花，但红尘凡事，生活琐碎，很多时候真的情非得已，很多时候都是身不由己。我屡屡答应妻子尽快去，却总被很多条件制约，不能成行。

留在心里，反而成了一件心事，事情虽然不大，压在心里也不好受。

桃花谢了春红，太匆匆，季节不等人，美好的事物总是短暂的，大好春光，很容易就在不知不觉中溜走。现在桃花已经快凋谢了，再不去，梨花也会慢慢走远，就真的看不到今年的梨花了。昨天下午没什么大事，我和妻子驱车前往小湄河，去完成这桩算不上事的心事。

小湄河公园从南到北大约有五公里，从南边的九州洼湿地公园开始，经过长江路、黄河路，再到东昌路，是这段公园的主要风景区域；从东昌路再往北，一直到辽河路，也是风景优美，只不过暂时还没有前面那段景区完善。我和妻子将车停在黄河路边，向南走穿过湿地公园的栅栏门，有梨花开放的这段公园，原来的河边还允许汽车通行，现在连自行车和电动车也不让走了，只准行人进入。

进门前行，首先映入眼帘的就是怒放的迎春花，别的地方迎春花有的已经凋谢，这里的迎春花还在盛开，满眼的金黄色，令人耳目一新，精神为之一振。心中惦念着梨花，疾步向梨花开放处行走。还没有走到，就已经有阵阵的花香袭来，转过树林，满目灿然，一片洁白。正是梨花盛开的时节，一朵朵梨花，一树树梨花，一片片梨花，让你目不暇接。

离得远，花香很浓，走入花间，反而感觉不到花香了，甚至摘下一朵花放到鼻子上，也闻不到花香。越是颜色鲜艳的花朵，越没有花香，因为颜色已经能够招蜂引蝶。梨花洁白、素雅，反而有种浓郁的花香。白色的花靠的不是容颜，而是自身的香气，来吸引蜂飞蝶舞。

小湄河公园离城较远，这片梨花，也可能很多人不知道，也可能人都在忙着赚钱，所以赏花的人并不很多，我和妻子说，这要是大家都知道这里的梨花，花下得有多少人呀？我不喜欢太热闹，也不喜欢人太多的地方，像欣赏梨花这种高雅的白花，人多了，也就失去了淡和雅，也就辜负了梨花的素洁。人不多，才能更好地赏花。

梨花因为白，显得淡，显得素，不像桃花那样令人动容，古贤今人，歌咏桃花的诗句很多，赞美梨花的诗句真的不多。琅琅上口的没有几句，我只记得一句“一树梨花压海棠”，是大才人苏东坡戏谑老夫少妻的诗句。还有一句“一树梨花落晚风”，已经记不得出处。

桃红梨白，很是分明，这个梨花的旁边，也有很多桃树，桃花也在开，也许是过了桃花最艳丽的时候了吧，和梨花的喷薄绽放相比，桃花并不显眼，给人一种羞涩的感觉，并不像梨花那样令人赏心悦目。梨花树下，千朵万朵野花也在盛开，树上梨花俏，树下野花娇，更让这春色魅力无限。

梨花的花期很短，一年就这几天，莫辜负春光，故事可以留给未来，时光只能存于现在。诗家清景在新春，绿柳才黄半未匀；若待上林花似锦，出门俱是看花人。

不在乎天长地久，只在乎曾经拥有，小湄河，我来了；梨花，我也看了，也就心满意足了。经历过就是生活，经历过才是财富。钱财乃身外之物，心灵的富足，才是真的幸福！

清晨趣事

我们这里春季多风沙，从前天的白天开始大风再起，而且还是北风肆虐，据天气预报：北风五到六级，阵风七到八级，就算在寒冷的冬季，这样的风都少见。可怜的花草树木，在本应该春意融融的季节，还要抵抗北风的袭击。冬季的枝头，没有叶子，风可以从树梢轻轻地滑过。春季这种大风，让人很是担心那些开满了花，枝繁叶茂的树木花草。结果是枯枝败叶被风吹落不少，那些新长出的嫩芽嫩叶，因为枝条有了柔韧性，反而没有多大问题。

一天一夜的北风使得昨天的春天再次没有了暖意，更雪上加霜的是太阳也没有了踪影，很多人又把棉衣穿上来对抗这恶劣的天气。

今天周六，窗外阳光很好，天晴了，人的心情也变得好了。开到荼蘼花事了，今日谷雨，隶属春季的最后一个节气。谷雨时节，有暖意，但热未至；有凉风，但寒已消。正是不冷不热的时候。也许这一次的寒凉是来告别的吧。

春季马上就要结束了，一定要珍惜这大好时光，起床吧，不能再睡懒觉了，阳光那么好，还是到室外走走，去呼吸呼吸新鲜空气，去振作振作疲惫的精神。养成一个好习惯，让生活更健康。老大今年上高三，还有不到两个月就要高考，紧张程度可想而知，妻子早早就起来了，给儿子做早餐，把老大送走。我起来之后，看到老二还懒在床上，睁着眼睛就是不起床。我调侃他：“别再装睡了，快起床吧，起来出去走走。”

小家伙在床上睁一只眼闭一只眼，转过头来看了我一眼，立即翻身，又把被子盖住了脸，给了我一个“懒得理你”。他懒得理我，我也不想自找没趣，但是心中还是希望孩子周末不用上学，和我们一块儿出去转转。妻子刚刚洗完头，也过来催促儿子起床。小家伙还是不起，有点儿耍赖的意思。不想大清早就不愉快，于是我和妻子一块儿走出家门，留儿子一个人在家，名义上是睡懒觉，实际上是想趁我们不在家偷偷看手机。单独留他在家，不放心的就是这一样。临出门我还专门嘱咐他：“可以看会儿书，不能看手机。”

走到楼下，阳光真的很舒服，空气也非常的新鲜，干净得有点儿不敢相信这是聊城的空气。走到运河边，柳絮又在飘荡，令人稍有不爽，有一利就有一弊，有了柳树的春天，才是完美的春天，有了柳絮的春天，也的确令人有点儿烦。

回来后，妻子去楼前为电动车充电，让我先上楼，到家一看，小儿子果然手拿手机在那里看。以前看到我回来，还知道放下手机，躲躲闪闪，现在一副正大光明的样子，好像看手机还挺有道理。我还没说上两句，小家伙立马有点儿上火，告诉我他没有看手机，而是在听歌。看手机不叫看手机，而是美其名曰“听歌”，我也服了他的智商。更让我难堪的是，我已经来到他的身边，他还在那里拿着手机滑来滑去，就是舍不得放下。我也懒得说了，只是拿眼睛狠狠瞪着他，看他什么时候能把手机放下。

儿子心不甘情不愿地放下手机，也知道我已经很不高兴，想缓和下气氛，又过来跟我搭话，我也懒得理他，儿子重复数次，看我不搭理他，悻悻地回到自己床上，拿起一本书来看。妻子上楼了，看到了两个正在生气的人。和谁说话，都不搭理她。于是安慰我说："他不和我们一起出去的目的，就是想看会儿手机，既然提前已经知道了，就没有必要生气。"

自己的儿子，自己的手机，自己的生活，生气也不解决问题。但是该管的还是要管，该生的气也得生。为了孩子的前途，不能放任孩子，手机不是不可以看，但是一定要适可而止。

今天谷雨，春天快结束了，寒冷也应该走远了，弱弱地问了妻子一句："棉衣能收起来了吧？"也希望儿子做一个懂事听话的孩子，不要总是气爸爸妈妈。生活本不易，都要好好珍惜。

又是槐树开花时

今天周六，本来可以不用早早起来，可是最近已经习惯了每天出去走走，周六也不能例外，妻子还是把我从睡梦中唤醒，抓紧洗漱完毕，下楼出去。到了楼下，天公有点儿不作美，竟然落下几滴雨点，让我心中不爽，是继续出去还是转身上楼呢？抬头看看天空，淡淡的云也不像下雨的样子。出去怕下大了淋雨，上楼又不甘心，妻子建议先在小区里面转转，小区绿化很好，围着小区转转也是不错的建议。于是脚步移动缓缓向前。走了几步，感觉似乎没有雨点了。于是我和妻子步出小区，向运河岸边走去。

走在运河的水边，头上是垂柳轻摇，脚下是石板平坦，一边是碧浪清波，一边是绿意花香。走在水边，走在春风里，走在绿色里，走在花丛中，就是走在风景里，心情怎么能不好呢？

走着走着，妻子突然说，这个地方可能有槐花，闻到了槐花的香味。运河岸边，绿化很好，各种花草树木都有，有几棵槐树也正常。没走几步果然看到岸边有槐树，槐花正在开放，有两位老人拿着专用工具在那里采摘槐花。也许是因为采摘的人过多吧，有几根枝条折断耷拉下来，看着很是令人心疼。闻着槐花甜甜的清香，我的思绪回到了小时候老家的村庄。

小时候的我，会爬树，看看现在的孩子，我还可以很自豪，但是在我小时候，这根本不值得骄傲，因为那时候农村老家的小伙伴，爬树只能算是基本功。那时候孩子们爬树都很熟练，因为树上有着太多的诱惑，主要是吃的诱惑。

经过一个冬天，春天的树上充满诱惑。先是榆树上面的榆钱，令我们大饱口福。榆钱的口味清淡，但是清淡中略略带点甜味，经历了一个冬天的干涩，这点甜味，也已经是无上的享受。从开始出现榆钱到榆钱慢慢老去漫天飘洒，需要一周左右的时间。在这一周的时间里，我们放学后，上学前，村里面每一棵榆树上面几乎都会有我们的身影出现。在树上捋下一把一把的榆钱就往嘴里填，吃够了，还不忘把所有的衣兜都装满。在树上，春风拂面，看到的风景也不一样，特别是在树上看下面，那种体验，只可意会不可言传。每年的春天，还要吃上几顿榆钱做的窝窝头。到现在还在回味小时候的滋味。今年榆钱下来的时候，妻子尝试着做了一次掺着榆钱的窝窝头，没想到妻子第一次做，就深受欢迎，就连两个孩子也很喜欢吃。

榆钱没了没多久，槐花开了。槐花相对于榆钱，就好比从平地到了高山。因为槐花真的是又香又甜，就连小蜜蜂都留连在花间。槐花蜜，入口便有淡淡的槐花香，有宁心安神、缓解疲劳的功效。如果说榆钱仅仅是充饥，那么槐花就是超级的享受了。槐花不仅生吃好吃，还可以做成槐花饼、槐花馍等诸多美食，可以煎槐花，可以蒸槐花。每年槐花开放的时节，总想着弄点槐花吃，已经成了这么多年的习惯。万一哪一年没有吃上槐花，似乎已经成了一年的遗憾。

妻子边走边问我："咱们什么时候再回老家？槐花已经开了。"

我的思绪回到了河边，抬头看看，前面又有两棵槐树，花开正盛，不仅馋涎欲滴，急切地回答："不行今天下午就回去。"

生活小插曲

生活中总是遇到各种不快，越是碰到不快的时候，越要控制住自己的脾气，否则生活的快车容易失控，快乐的生活就会成为痛苦的时光。昨晚开奖之前，小儿子在我的电脑前看电影，妻子在旁边玩手机。我因为有点累了，躺在卧室的床上小憩一会儿。看似温和安详快乐的时光里，已经有了不快的种子在孕育。

马上进入开奖时间，妻子打开手机视频，开奖前的广告声音传来。我下床来走到电脑前，看到儿子刚刚朗读完自己的诗词，正在往企鹅号上发布，看到我过来，立即发布完把电脑让给我，知道我要第一时间把开奖号码发布到网上，这已经成了习惯。

开奖完成之后，我也把号码发布完，随手把儿子看的视频页面关闭了，小家伙就在旁边看着，看到我关闭了他正在看的页面，立马有点儿急了。冲我大声说道："你关我的电影干什么？我还得看呢！"

"不看了儿子，咱们出去走走，给你买套试卷。"儿子今天在学校就把家庭作业做完了，回家一晚上没事干，糊弄着练了两张纸。这就是一晚上的任务，任务太轻了，我决定给他再买套卷子，晚上在家做。小家伙自然有点儿不乐意，但是遇到这种情况，一般都拗不过父母。

“不是说你和我妈去买吗？我在家看一会儿。”儿子依然很着急，把视频页面再次打开，并用手势请我离开电脑，把座位让给他。

“你想想可能吗？”我也有点儿着急，情绪果然会传染，“咱们三个一起去，谁说了我和妈妈去，你在家看电脑。我俩最怕你玩手机和电脑，你忘了呀？”

“我妈妈说的，刚才说的。”儿子依然怒气冲冲。还用手势催我快点儿离开，这时的电影开头广告已经快要结束。

室内的空气，不再是安宁祥和，而是充满了火药味。其实儿子看会儿电脑，玩会儿手机，我的反应并不是特别强烈，主要是妻子容易冲动，矫枉容易过正。刚才我俩对话，妻子并没有出声，听到话语扯到了自己身上，也就不再保持沉默。

“你忘了我昨天晚上生气了？你不能每天因为手机、电脑让我们生气吧？今天不看手机了，又逮着电脑没完没了。都六年级了，你还有时间看电影？”妻子的话语也是又急又冲。

我不想让战争升级，于是抽身撤回沙发，把电脑前的座位让给儿子。儿子坐在电脑前，用左手捂住朝向妈妈的耳朵，继续在看电影。我也是非常奇怪，小小孩子，怎么对电脑、手机那么上瘾，都这样了，还能坐在那里看下去。妻子也是，只要一看到儿子拿起手机，一看到儿子坐到电脑前，就气不打一处来。儿子边看，妻子边在旁发牢骚。

“我刚才是说的气话，让你看电脑。”妻子还在解释那才自己说的话，“你连气话都听不出来，还当真。”

“你刚才就是郑重其事说的。”儿子也感觉很委屈，为了看电脑，声音中有点儿哭音。

听着妻子的唠叨，看着儿子的背影，我在沙发上情绪也不平静，大声问儿子：“你说你看多长时间结束？”一般儿子看手机或者电脑，我们都规定一个时间，通常是五分钟或者十分钟，儿子一般都能赖个三五分钟，在“马上马上”的声音中，三五分钟就过去了。所以我问他准备看多长时间。

儿子还没有回答，妻子在旁边怒冲冲地说：“看完，不看完怎么行。”一部电影两小时，儿子刚刚看了开头，看完是绝对不可以的，妻子明知不可以，偏偏这样说反话，也是气急了。

可是儿子在旁边无动于衷，也不回答我的问题。妻子却给了我一个这样的答案，我不禁震怒，大声冲妻子嚷道：“你别说话，刚才就因为你说的，他才找到的理由。”

本来是夫妻两个管教儿子，我这一朝妻子大喊大叫，事情的性质似乎已经变了。妻子见我发火，立马不再说话，自己生闷气去了。儿子对我的大吵大嚷，全当没有听见，还在那继续看。儿子的行为就好像火上浇油，我冲儿子大声吼道：“都这样了，你还看！你还能看得下去？”

儿子听到我的吼声，悻悻地关上视频画面，起身回自己的卧室，也生闷气去了。妻子看到儿子走了，也起身回到卧室。剩下我自己，呆呆地坐在沙发上。好好的日子怎么成了这样？三个人，没有一个心情好的，一家人都在那里生气。

到底是哪里错了呢？儿子精力旺盛，晚上没有作业，不让看手机，不让看电脑，又没有什么可玩儿的，这时光总要消磨，靠什么，难道只靠看书吗？可是再好的书，也有看烦的时候。小孩子，没有电脑，没有手机，没有作业，靠什么打发这无聊的时光？似乎不能全怪儿子。妻子似乎也没有错，管孩子，特别是妈妈，都希望孩子好，都不想让自己的孩子沉迷手机电脑网络游戏。担惊受怕，唯恐孩子沾染上不良嗜好。妻子似乎也没有错。难道怪我？

就是怪我，怪我没有控制好脾气，没有控制好情绪，开头似乎和我没关系，可是结果都是我造成的，我如果不着急，孩子发脾气无所谓，妻子唠叨两句，也没有什么。我一发火，整个家庭都变了颜色。现在儿子在生闷气，妻子在委屈，都是我造成的。

知错就改，善莫大焉。我马上起身去哄哄孩子，打上洗脚水，让孩子洗脚睡觉。再去卧室哄哄妻子，告诉妻子都是我的错，我不该着急，不该上火。

反思自己，反思生活，改变自己，改变生活，风平浪静后的家庭，更显得从容温馨。夜色阑珊，安静祥和，最喜欢就是夜晚的安宁！

如何才能解决生气和心烦

总想让岁月平淡，总想让生活安然，可是只要还活着，就会有这样和那样的烦心事，让你心烦意乱。一直想要修身养性静心，让自己不怒不争不烦。外面的事我可以不管，社会上的事我也能不烦。其实真正让你闹心的不是外面的事情，而是家里的事情。这不，平淡安详的日子里又起波澜。

学校老师布置了一个任务，让孩子们画一张抗击疫情的手抄报。孩子以为手抄报是要到开学的时候才上交，没有积极主动配合老师的要求，而是想拖到最后再画。老师在微信上联系家长，让家长尽快把画好的手抄报上传到微信上。老师的要求，家长积极，可是孩子不积极，一边是懒散，一边是积极，矛盾就此产生，家中的气氛就不再愉快。

不愉快的气氛，带来的是不愉快的语言，不愉快的语言产生的也是不愉快的合作。小儿子磨磨唧唧地在手机上寻找资料，画自己的手抄报。有现成的，美术学校发的样板手抄报，小儿子不想照着画，而是在手机上查找各种资料，想自己独创一张手抄报，不想和其他人的一样，小家伙也算有想法，但是自己创作，意味着效率就低，效率低，画起来就慢。慢就慢吧，虽然妻子稍微有点儿不满意，但是我没有意见。

手抄报不能只有画，还需要加点文字，臭小子竟然告诉我，他不想写字，想让我帮他写，小小年纪这么懒，我坚决不干，让他自己的事情自己做。快到下午四点，小儿子总算把手抄报涂上了颜色，终于完工，完工之后自己把手抄报拍给了老师，没有要我管，我还想这怪好呢。

小家伙画完手抄报，我以为他下午需要上网课，没有管他，可是我出去一看，他竟然在看动画片，而不是上网课。你说气人不气人？别的孩子各种忙不过来，他却优哉游哉看起了动画片，我便要求他上网课。

“今天下午没有课。”他坐在沙发上继续聚精会神地看动画片，对我的话语极其不耐烦。

我看了看课程表，今天下午有两节课，一节是艺术课，一节是体育课。孩子可能认为这两节课不用上也可以。这时候我本来还不心烦，但是看到孩子吊儿郎当的样子、心不在焉的态度，我心头似乎有团火在燃烧，气不打一处来。

“这是上课时间，先上课，上完课再看！”我用命令的口气说。

孩子气冲冲地站起身来，把电视机的猫盒上面的数据线换到移动盒子上面，随手点开上课的画面。我一看，原来这是一节美术课，讲的是国画的艺术。

我一看是国画艺术，心中比较喜欢，便也坐在旁边同看，可是小儿子把电视机的声音调得特别小，我听不清楚。

“儿子，把声音调大一点，我陪你一起看。”我看着蔫不唧儿地斜躺在沙发上的小儿子，遥控器就在他手边。

小儿子对我的话置若罔闻，一动不动，我也感觉自己是在找不痛快，但是我真的想看看这个国画课。前几天，我被一篇文章鼓动得都想去学习国画艺术，也尝试着画画山水画。看着小儿子不动，我心中的火气还没有消，只好走过去拿过遥控器来把声音调大。讲的是山水画里面的树和石头的画法，讲得很好，我偷偷看了一眼小儿子，他依然躺在沙发上眼睛半闭半睁，根本没有看电视画面，我心头的火再次燃烧起来。

“你怎么不看？”我大声质问。

“不想看，我又不学这个。”小儿子不耐烦地给我怼了回来。也是，他现在在美术学校学的是素描。

“现在没学，以后学呀，怎么不看？我还陪着你看呢！”我还是心头有气，话语也是毫不客气。

“不用！”小儿子的回应更可气，只有短短两个字。而且他站起来把遥控器拿走了，把声音又调小了一些。我刚才因为有气，也是把电视机的声音调得有点大了。

我继续看，老师讲得不错，真的喜欢国画的话，看看这个视频课真的不错。可是小儿子这次非但不装样子看了，反而直接躺在了沙发上，把眼镜摘掉，闭上了眼睛。看他这个样子，我气到想打他一顿，但是想一想还是算了，强扭的瓜不甜，既然不想看，再难为他也没有用，而且学习是终身的事，也不在这一会儿。

这个时候，妻子听到了我俩的不快，担心矛盾激化无法收场，沏了一杯茶水轻轻地放在我面前，并用手在自己的胸前比画着往下捋和顺。我明白妻子的意思，她是让我别生气。正好就势收场吧，再争论就变成一场战争了。

还好，这一节课很快就讲完了，小儿子还在装睡，我心想认了吧，再起冲突肯定是一家人都不愉快，于是起身回到书房。

没想到这个臭小子看我起来了，立即起身上了个厕所，回来就把数据线换了，接着看他的动画片。

现在的孩子，究竟是怎么了？我想了好久也想不明白。好在这个家伙学习成绩还不错，年前的期末考试，考了班级第三名，还能聊以安慰。

红尘烦扰，跳出三界外不在五行中，不在是非地，才能没有是非心。终于明白为什么隐者乐山，智者好水了。其实认真仔细想一想，也怪自己操之过急，心态不好，孩子毕竟还是孩子，和孩子真的没法较真，特别是自己的孩子，这个家伙是你带到这个世界上来的，他不气你谁气你？

关上书房的门，写下上面这些文字，心情稍微好了一点儿。难怪网上那么多人吐槽孩子在家上课，说实话对于十二三岁的小孩子而言，在家上课真的不是办法。

每个人都在纷扰红尘中，如何才能忘却这世俗的烦恼？还好有间书房能让我的心静下来，静静地思考，思考生气和烦恼的根源。还好有间书房，能让心神清静下来，儒家讲修身齐家治国平天下，首先要修身，做到得失随缘、宠辱不惊，再是齐家，应该认识到无论自身多么优秀，孩子都不一定听话。

慢慢来吧，既然修行未到，那就继续修行，逃避也不是办法，既然有问题，就必须要面对问题，慢慢再想解决问题的办法。

也许时间能够解决，耐心等待孩子长大。

顺着人性还是逆着人性呢?

今天周六，孩子们没有课，不用再早早起床了，妻子起床洗漱之后，并不着急做早饭，而是喊我起来下楼去打一会儿羽毛球，也就当锻炼锻炼身体。

前几天我都是每天早晨很晚才醒来，这两天不知道为什么，总是醒得很早，醒来之后又没有事情做不愿意起床，便赖在床上看手机，精神头也不大，似乎没有休息好的样子。妻子喊我起床，虽然不情愿，但还是起来了，赖在床上也没有多大的意义。

下楼之后，发现今天早晨有风，在楼后打羽毛球不好，于是走到楼前面看看是不是好点。一开始我面向东方，挥了几下羽毛球拍，太阳虽然躲在楼的后面，但是东方的天空依然有些耀眼，看球看得眼睛很累。我这两天右眼有点酸，有点涩，还有点累，昨天下午和晚上我的右眼比左眼小了三分之一，原来这种情况出现过几次了，看过几次中医，说这种情况属于小中风，让我一定要注意。我便要求和妻子换下位置，面朝西方又打了几次，还是有风，打羽毛球属于一种很好的体育运动，缺陷就是在室外有风的时候就没法顺利地打。

总是来回捡球，玩得没有意思，干脆不玩了，围着我家楼下的小湖走两圈吧。这个时候外面人很少，除了我和妻子两人之外还有两位女士。我们围着小湖转了三圈，也就有两千步的样子吧，我早晨出门不带手机，从不像有些人那样为了统计自己走的步数，睡觉、上厕所都要带着手机。

回家打开门之后，发现小儿子已经坐在沙发上看电视。妻子看到儿子没有喊就早早起床，于是笑着调侃道："哟，这不是不用喊也起来了吗？你这个臭小子吧，平常学习的时候，喊你个三遍两遍你都不起床，今天不用上课了，你倒早早自己起来了。你以前是不是故意气我？"

儿子笑了笑没有说什么。

我一直奉行无为而治，就是不想事事都为孩子操心劳神，于是接着妻子的话说："下次你也别喊，我就不信他起不来，平常都是装样。"

也许孩子平常不起床，不是真的起不来，而是在装样子。为什么要装呢？这是个问题。也许是因为，他知道不起床大人肯定会三番五次地喊，因为早早起来之后，不会让他那么自由地想干什么就干什么，比如看电视、玩手机。既然起床之后不能做自己想做的事情，明明知道待在床上没有意思，还是故意不起床，想表达自己内心的一种抗议，抗议自己的不自由吧。

儿子平常起床之后，知道立即刷牙洗脸，可是一到假期或者周末，起床之后的第一件事情不是刷牙洗脸，而是首先拿起电视机的遥控器，每次到吃饭的时候，才去洗脸刷牙。也许孩子们都不好好洗脸，也不好好刷牙，应付了事吧，弄得很白的小脸耳朵前面两片深色。今天我不用问也知道他肯定还没有刷牙洗脸，如果这个时候家长逼着先去刷牙洗脸再看电视，肯定又是一场不愉快的经历。我看妻子没说，也就没有问。

因为时间还早，妻子早已备下昨晚包好的馄饨，今天的早餐也很简单，所以妻子先给儿子收拾床铺，开窗换气。我则坐在书桌前打开了电脑，浏览下昨天的信息，想想今天应该干哪些事情。

“妈，你怎么还不去做饭？”儿子在外面大声地抗议。

“给你做饭的时候你不吃，现在还不到做饭的时间你又着急了，你着什么急呀？”妻子没好气地说道。

儿子被妻子怼得哑口无言，不再问了。也的确是这样，平常的时候，妻子做完早餐喊两三遍都喊不动儿子。

我听了妻子的话有点不顺耳。不满地对妻子说：“别这样和孩子说话，孩子轻易不主动催一次饭，既然催了就赶快给孩子去做。”

妻子悻悻地起身去做早饭，结果真的如我所料，做好饭之后还是需要喊个三两遍，儿子才来到餐桌边。

吃完早饭之后，儿子又立马坐到了电视机前，那个电视机里面哪里来的那么大的魔力呢？有时候真的很令人奇怪。

妻子和儿子商议电视看到十点半开始写作业，历史作业要背，还有一篇老师布置的读后感要写。虽然十点半电视机是关了，但是还是磨叽到快十一点，儿子才心不甘情不愿地写作业。

今天的阳光很好，上午十点多的阳光透过玻璃窗跑到我的书房里来，让室内不仅阳光灿烂，而且温暖如春，这样美好而闲暇的时光，读书就是最好的选择。阳光洒在身上特别舒服，令我整个身心都暖洋洋的，我正捧着一本鲍鹏山的《风流去》神游在庄子的自然世界里面。庄子钓于濮水，楚王使大夫二人往先焉，曰：“愿以境内累矣！”庄子持竿不顾，曰：“吾闻楚有神龟，死已三千岁矣，王巾笥而藏之庙堂之上。此龟者，宁其死为留骨而贵，宁其生而曳尾涂中乎？”二大夫余曰：“宁生而曳尾涂中。”

庄子曰："往矣！吾将曳尾于涂中。"这是一种什么境界，庄子正在钓鱼等着拿这条鱼当饭吃，这么穷苦之人，让当一国之相都不去，竟然偏偏愿意钓鱼受穷。我正在神往之中，突然一个声音传来。

"你去看着儿子写历史吧，我洗洗韭菜今天中午给你做韭菜合子吃。"妻子的话语猛然间钻进我的耳朵，抬头一看，妻子打开书房门正看着我。

不愿意去，不想去，真的不情愿，我正在和庄子神交，感受自然的力量，让我去看儿子写作业，这不是往火坑里面推我吗？我愣着没有动，也没有回答妻子的问题。

"你不愿意去我去吧，"妻子有点不快，转身走了，"那就等会儿做饭。"声音徐徐传来。

怎么办？问题来了，困难也来了。不去，妻子不高兴，去，我有点不情愿。为什么生活中总是这么多的两难？想一想还是去吧，不去的话，似乎就是我不对了，儿子的学习重要，好不容易要写作业了，再不重视就不对了。妻子要洗菜做饭这也是正事，只有我看闲书无足轻重。不得已的我抱着书悻悻起身走到了客厅儿子写作业的地方。

没想到儿子对我的到来根本不喜欢。这小子不愿意让人看着他写作业，因为有人看着不能偷懒，而他最大的特点就是懒，懒得起懒得睡，懒得刷牙懒得洗脸，懒得吃懒得喝，这些懒里面最懒的就是不愿意写字，我到的时候他正在和妻子争论，妻子让他抄了题再写答案，他不想抄题只想写答案。我看着二人争论哭不得笑不得，急不得恼不得。孩子有错吗？从人性的角度出发，孩子似乎也没有错。

懒是人的天性，正是因为人懒，才有了人类社会许多的发明，因为懒得站着，发明了椅子沙发，因为懒得行走，发明了汽车轮船，因为懒得刷牙，发明了电动牙刷……

到底什么是人性？只要我们心向往之的，都是人性。姑且不论人性善恶，到底是顺着人性还是逆着人性呢？我们一起思考下。

儿时夜路

昨天本来计划好写一篇小文，可是最近我的右腿小腿肚一直酸涩、沉重、无力，昨天的表现尤为明显，这不是新病，而是老毛病了。大约有三四年了吧，因为小腿无力，还专门去过大医院，也没有检查出什么毛病来。妻子又想到了老办法，把大盐炒热了装在一个用毛巾做的袋子里，然后把热热的大盐袋子放在小腿上面，以前使用过多次，多多少少都有点效果。

昨天没有写文章，这算不算一个小小的理由和借口，按理说应该算，可是又不能算，因为昨天这篇文章没有写，我的微信公众平台又没有文章发布，让本来就不多的喜欢我文章的读者失望了，很是遗憾。昨天浪费了一下午的时光，我心里总有一种犯罪的感觉，让时光虚度，总有点对不起自己。今天再把昨天的思绪捡拾起来，继续为朋友们写一写昨天想写的文章。

世界上的每个人都有七情，也都有六欲。七情六欲是一个心理反应。按古人的指导原则，七情是指喜、怒、忧、思、悲、恐、惊，六欲是指人的眼、耳、鼻、舌、身、意的生理需求或愿望。古人说："六欲是生、死、耳、目、口、鼻也。"后人将六欲概括为：见欲（视觉）、听欲（听觉）、香欲（嗅觉）、味欲（味觉）、触欲（触觉）、意欲。

每个人都曾经有过害怕、畏惧的感觉。可什么是害怕呢？这种感觉都有过，要是说出来，还真的只可意会不可言传。害怕就是担心，首先，担心自身的安全，其次，担心钱财的流逝，再者担心生活的不安稳。诸如自己的身体的健康、孩子的学习、老人的身体、自己的前途、社会的安定等，都可以在心中产生畏惧、恐惧、害怕。

我小时候胆子特别小，可是又喜欢听人讲鬼故事，听完之后吓得睡不好觉。记得有一次，天已经黑了，父母要我去买点东西，我不敢出去，可我又是一个懂事听话的孩子，既然父母说了，就一定会去。

那时候的农村还没有通电，家家户户到晚上都是靠煤油灯照明，煤油灯只有一点点小小的灯芯亮着，别说是外面，就是室内都只是恍恍惚惚，犄角旮旯里都是黑暗。外面那是真的黑，在阴天没有星星和月亮的晚上更是黑得伸手不见五指。好像那一晚也是阴天，没有月亮也没有星星，还刮着一点点小风。我们村的代销店距离我家也就是五十米的距离。

出了家门向北走大约三十米，再向右拐大约走上二十米，在道路的北面就是代销店的位置。我硬着头皮，大着胆子走出了屋门，又摸着黑走出了院门。记忆中天黑到真的看不清道路，也看不到自己的脚，只能凭借白天的印象走路。刚刚出门，从光明走入黑暗，更是什么也看不见。我心中像揣着只小兔子，小小的心脏怦怦直跳。到了胡同里面，脑海中就突然出现了鬼的影像，想跑又不敢跑，真的是两条腿打着战在走，说是在走，简直就是一小步一小步向前挪。

走呀走呀，也不知道走了多少时间，看到了代销店里面蜡烛的光亮，才稍微心安一点点，听母亲讲鬼最怕光亮。我向着代销店的光亮奔跑起来。到了代销店里面，平复了很长时间，才买了东西往回走。

去时路难，回来的路更艰难，一边走我一边想着那些鬼，竟然感觉身后有鬼的脚步声，心中暗想，不好，肯定是有鬼在追我，于是拔腿就向家里面跑去，跑得越快听到后面脚步声越急，我跑得快，鬼似乎也在加快速度。心中非常害怕，生怕就这样被鬼抓了去，越是害怕越不敢回头看看，其实也可能回头了，但是回头也是什么都看不到。后来读书了才明白，世上根本没有什么鬼，都是自己在吓唬自己，那脚步声也不是鬼的脚步声，而是自己的脚步声。可是那时候小不知道，小心脏真的都提到了嗓子眼儿。

后来我慢慢地长大，随着知识和阅历的增长，慢慢地不怕鬼了，但是还是害怕很多东西。上了学之后，害怕大孩子欺负我，遇到一些调皮捣蛋的孩子就躲着走，那些大孩子不光是动口有时候还动手。真的想让自己成为一个侠客，把那些欺软怕硬的人都打败，让这个世界和谐平安宁静。

再后来也不怕大孩子了，因为自己也长大了。这个世界越来越文明，谁强谁弱靠的不再是拳头而是知识，知识的力量才是真的力量。

有些恐惧，我们通过努力就可以转变，但是有些恐惧，我们需要永存心中。珍惜生命，敬畏自然，有所畏惧才能小心谨慎，小心谨慎才能更好地前行。人与自然和谐共处，人类不能只是从大自然中掠夺，也应该呵护珍惜自然。

相信远处还是近处

这两天的聊城天气不好，昨天下雨，今天还是阴天，下雨的时候还能够接受，阴天的时候有点令人心里难受，我走到窗前举目向远处望去，天地之间一片灰蒙蒙，沉闷压抑，春天了，应该是春和景明才对，这个春天有点儿不一样呢。

一直憋在室内，心情过于压抑，于是我站起身来到门口穿上羽绒服，戴好口罩，决定到楼前面的小湖边走一走。看看能不能换换心情。

走出楼道迎面一阵凉风吹过，顿时令我身心为之一爽，毕竟已经是春天的风了，一点寒意都没有，吹到脸颊上是一种很惬意、很舒适的感觉，深深地呼吸两口新鲜的空气，空气中似乎带着一点儿雨丝的冰凉气息，胸中的浊气排出，连心情都不再那么沉闷压抑了，心情轻松之后，脚步也跟着轻松，于是我缓步向楼前的小湖边走去。

以前热闹喧嚣的小湖边，现在行人稀少，几乎看不到人影。湖边的垂柳是那么清新。柳枝再也不是枯黄的颜色，而是一种生机勃勃的新绿，虽这是淡黄色、鹅黄色，但这是一种有生命的黄色，而不再是枯萎的黄色。细细的柳枝垂在水面上，已经长出了一串串嫩嫩的、细细的、密密的、小小的芽，虽然还没有长出树叶来，但是迸发着生命的气息，吐露着生命的激情。

近处的柳枝似乎还是原来冬季的模样，可是向稍远处望去，远处的柳枝已经变成了淡淡的金黄色，远景的颜色和近景的生命，无不昭示着一个真正的春天就要来到，说不定明天，也许是后天，就有柳叶在枝头婀娜多姿地舞蹈了。我不禁想起《九九歌》："五九六九，沿河看柳"。海棠花还没有开，桃花也不到开的时候，这个时候的柳枝，就是春的代表吧。可惜小湖的岸边没有梅花，多想看一看梅花开放呀。更令人可惜的是，原来的湖边有很多的迎春花，后来小区物业把土地开垦出来种上了蔬菜，再也看不到迎春花了。这个时候迎春花也应该开了吧。

让人赏心悦目的不仅仅是岸边的柳树，小湖里面的一池春水也令人心情荡漾。小湖里面的水不多，但是非常清澈，水面平滑如镜，湖边的房屋、树木倒映在水中，更是别样迷人，看看天上，再看看湖中，看看岸边，再看看水里，竟然感觉真实的风景没有水中的风景美。水中的风景多了三分妩媚，少了两分沧桑，更温柔，更静谧，令人心情安静从容。

"山不在高，有仙则名。水不在深，有龙则灵。"湖中虽然没有真龙，但是一个雕刻的石龙在水面上摇头摆尾，昂首挺胸，似乎正要乘风破浪，向东南方向腾云驾雾而去。抬头看了看天空，还好雾气不重，别让这条龙真的腾了空。偶有一阵微风过处，水面上泛起微微的涟漪，那水中的微波就像有人在推动着，一层一层向岸边走来，还没有走到岸边，就消失得无影无踪。

湖的北面，是一片月季花海，现在月季花虽然还没有开放，但是枝头已经有了蓓蕾。月季花正好在楼房南面，北面的楼房为月季花挡住了寒冷的北风，楼内的暖气也许能给这片月季花些温暖，使它们在冬季没有枯萎，到春季比别的地方的月季花开得早，开得鲜艳。在我的记忆中，陪伴我们时最长的鲜花，应该就是这些月季花了。看着这含苞待放的月季花在风中轻轻晃动，怎么不开心微笑呢？哪里还有压抑郁闷呢？

湖的北面、月季花海的旁边，就是一个小小的广场，里面有几样健身器材，平常有老人带着孩子在这里玩耍，现在很清静，不过没有人反而更显得环境的宁静优雅，比人声鼎沸还可心，我平常就不喜欢太热闹，我喜欢安宁祥和的氛围，更喜欢眼前这种清新、洁净、幽静、优雅的氛围。

湖的西北角，有一个小小的走廊，虽然只有几十步的长度，也没有雕梁画栋，但是上面藤萝密布，别有一番风味。现在走廊的上面还只是枯藤盘绕，相信在不远的将来，又将是绿意葱茏，满目苍翠。

围着小湖转了几圈，慢走也能调整心态，慢走还能治疗腰疼，整天坐在电脑前，天天待在书房里，坐在椅子上的时间长了总是腰酸、背疼、脖子发硬，走一走正好缓解。

虽然不是江南，但是江南的园林景观就在我的楼下。每天拿出点儿闲散时间到湖边走一走，既让心情平静下来，也让身体得到休息。我家的楼下有这样的小湖，小湖边有这样优雅美丽的风景，可以随时下楼走走，清清心，活动活动筋骨，上苍真的待我不薄。

在楼下散完步回家，刚才的郁闷压抑已经没有了，虽然还是阴天，我整个人却已经神清气爽、精神抖擞。抬眼向窗外的远处望去，天地之间依然一片烟雨朦胧。

俗话说，耳听为虚眼见为实，在室内向窗外望去，一片雾霭沉沉，可是在楼下小湖边看到的风景，一片清新洁净，简直就是两个天地。眼睛看到的应该是真实的，但是我该相信远处呢？还是该相信近处？其实无论是远处还是近处，都是真实的存在，至于美不美，还是要看内心。心里空灵，这个世界就是空灵的，心情郁闷压抑，这个世界也是压抑沉闷的。世界的好坏不取决于远处和近处，也不取决于今天还是明天，关键是要管好自己的心。

让世界充满爱，让明天更美好

总是见不到太阳，在应该阳光灿烂的日子里没有阳光，我的内心很是压抑，一直待在家里有点烦闷，呼吸都快不顺畅了，干脆到楼下走几圈吧。不知道是天气冷还是自身的抵抗力弱，竟然在室外接连打了几个喷嚏。室外的空气比较清新，人也慢慢地多了起来，看天气预报上说，聊城明天还有雨，看来这一周只能和太阳分离了。在这个本应该春和景明的日子里，总是阴沉沉的天气真的不爽，既然老天不肯眷顾我们，那就在心里给自己点一盏灯吧，总不能让心情总在雾霭蒙蒙里一直潮湿。

上楼之后坐到电脑前，如果不写写文字，还真的没有多少正事可做。浏览新闻已经没有兴趣，也没有多少令我想看的新闻。

阴天的时候就渴望阳光，寒冷的时候就祈求温暖。刚才在楼下还打喷嚏呢，到了家里有了暖气，鼻子也不痒了，也没有再打喷嚏，因为家里的暖气很温暖。我的书房不大，不，应该说我的书房很小。但这小小的书房，阻挡不了我的思绪飞扬。

妻子知道我在写文字，不打扰我，悄悄地推门进来，给我送来一碗洗干净的圣女果，红红的颜色特别令人欣喜，别说吃了，看着就令人垂涎欲滴，咬一口口舌生津，放一颗到嘴里，凉凉的、甜甜的、酸酸的、涩涩的感觉真的很好，能够提振人的精神。温馨是什么呢？温馨应该是有人问你“粥可温”；温馨应该是“柴门闻犬吠，风雪夜归人”；温馨应该是你深夜回家，总有一盏灯为你亮着，为你照亮归家的路。

温馨不仅仅是家人的关心，还有社会的关爱，《让世界充满爱》就是一首很好很温馨的歌。“轻轻敲醒沉睡的心灵，慢慢张开你的眼睛……让我们祈祷明天会更好。”这悠扬的旋律，这温馨的声音，直达我们的心底，让我们的内心温暖、温馨。

天若有情天亦老，人间正道是沧桑。天可以无情，人不能无爱。别管是家人的关心和爱护，还是来自社会的温暖和亲情，都让我们感动。

这是我们的家园，这是我们的地球，让世界充满爱，让明天更美好。

让生活安宁祥和

今天已经是三月了，二月已经成了历史，成了过去。今天中午久未谋面的太阳终于再次相见，聊城终于结束了一周的阴雨雪天气，阳光一片灿烂，天空再次蔚蓝，压抑郁闷了一周的心情就这样慢慢地轻松快乐起来。有时候快乐很简单，只需要有个好的天气。

生活中有很多大的灾难我们都能坦然面对，但是很多微小的幸福却被我们忽视，其实正是这种微小的幸福构成了我们生活的全部，我们要善于捕捉这种“小确幸”，用来充实和完善自己的生活，用来安慰和治疗我们的心情。

昨晚因为孩子学习的问题我和妻子拌了几句嘴，妻子嫌孩子脾气不好不知道学习，一说到学习就心浮气躁没有一点好脸色。我则责怪妻子对待孩子的态度不友善，引起孩子频频地发脾气。如果妻子态度和蔼，不是一说到学习就大声呵斥，孩子也不会这么浮躁急躁乱发脾气。其实想想妻子和孩子都没错，应该是我对孩子的关注太少，对妻子关怀不够，才造成矛盾总是在妻子和孩子那里。

夜深人静之后，我深深地叹了口气，又对深夜充满了感激。妻儿都睡下了，刚才还乌烟瘴气的家里现在平静安详，深夜真好，能够解决很多矛盾，很多小小的不愉快都会沉浸到这宁静的黑暗里。这就是生活中的微小幸福，不一定是谁带给你的，黑夜有时候也能带给人以愉悦。

早晨醒来，我悄悄地看了看妻子的脸色，还是有点多云，是转阴还是转晴呢？我的心里也没底。我轻轻地说："怎么，连早餐都不准备给老公做了吗？"

"做，你想吃什么？"妻子虽然脸色还不很好看，但是回答的时候还是轻声细语。

其实吃什么并不重要，重要的是两人不再怄气，既然妻子答应了做饭，一切都好说了。即便我对吃一般不挑剔，妻子也总是根据我的口味和喜好准备一日三餐。看着妻子慢慢起床，一种幸福的感觉油然而生，每天都有妻子给准备早餐，而且做的早餐还总是符合自己的口味，这不就是生活中的小小幸福吗？

今天周日，小儿子有美术课，美术班的辅导课是线上教学，老师在微信群中发来上课的视频，要求孩子们观看完视频再根据视频内容画一张图画。我起床之后到小儿子的房间，他似乎也还在怄气没有起床。我轻轻地喊小儿子起床，小儿子一开始不给我好脸色，孩子之所以发脾气就是认识不到自己的错误，也没有办法，小孩子认识能力有限，强求也没有用。小家伙知道今天有美术课要上，但是又不想起床，于是提出来在床上看视频。孩子知道自己有课主动提出来学习也是一种好的现象。我表示同意。孩子在床上看视频，老师要求拍一张正在看视频的照片发到群里，我就给小儿子拍了一张在床上看的图片，假装要发到群里。儿子自尊心很强，明确表示不同意，赶紧坐在沙发上摆样子让我给重新拍了一张，自己把照片发到了美术班的学习群里，又积极主动地找出一张二十元的人民币，照着画了起来。而且以我外行人的眼光来看，儿子画得还不错。小孩子再调皮也知道自己有课知道自己学习，小孩子要面子也知道拍发在床上看视频的照片不好。这不又是生活中的、渺小的、微不足道的幸福吗？

妻子中午下楼去小区内的超市买菜。她买菜回来的时候我正在书房里面写文章，妻子买了一些砂糖橘回来，到家第一件事情就是把两个橘子剥皮，把剥好的橘子送到我的嘴边。刚刚才从外面拿回来的橘子凉凉的、甜甜的，橘子汁立马充满我的口舌之间，甜在嘴里，更甜在我的心里。妻子买回来水果自己都没有尝一尝，第一个先给我吃，这不是生活中又一个微小的幸福吗？

下午在家里监督小儿子写作业，臭小子一开始对我还蛮不客气，好像我的监督是对他的不信任、不支持，可是慢慢地脾气越来越温柔，语言越来越柔和，甚至在中间还和我耍起了贫嘴。儿子正在做的作业是背诵默写历史的知识点，现在初一下学期学到隋唐的历史，背诵到松赞干布迎娶文成公主，小家伙调皮地问我："文成公主漂亮不？"

"皇帝家的女儿，那是公主，从小就比别人家的孩子吃得好、穿得好、受到的教育好，知书达理你说能不漂亮吗？"我想了想也不知道具体答案，于是这样回答。

"那万一要是又黑又胖又丑呢？"小家伙和我顽皮地贫嘴。

"文成公主到西藏，主要讲的是民族团结。你哪里来的那么多废话？"我说。

"要是我当皇帝就不嫁公主，而是把松赞干布打回去。"儿子一边写作业一边头也不抬地继续油嘴滑舌。

"别废话，快认真写作业。"我对儿子的这种奇怪想法不知道如何回答了，于是便催促他快点写作业，又想教育他懂得更多的知识，知道他看过《康熙王朝》，我接着说道，"当时不具备打仗的条件，所以不能打。就像康熙皇帝把蓝齐格格嫁给噶尔丹一样，也不是没办法，到了后来就算嫁了女儿也西征噶尔丹。把噶尔丹给杀了。”

监督儿子写作业，也并不全是烦闷和苦恼，和儿子有一句没一句的瞎聊，既是一种亲子行为，也会让孩子更多地知道有人关心爱护他。没有任何人会拒绝他人的关心和爱护，更何况是来自父母的呢。看着这个小神兽趴在桌上认真仔细写作业，陪伴孩子写作业也能有这种安静祥和的时光，小小的幸福感再次在心底升腾。

老母亲从老家打电话来，说她在地里挖了一些真正的野菜，比种植的面条菜好吃多了，想让人给捎过来。老母亲在老家后面的院子里自己喂的本地鸡下了几十个鸡蛋，也想着捎到城里给我们吃。我告诉老母亲还是别往城里捎东西了，等有空我带着妻子孩子回家去。想一想老母亲那么大年纪了在老家时时惦记自己的儿孙，我们每个人随时随地都有人惦记，这不又是生活中小小的幸福吗？

妻子买韭菜回来，趴在我耳边轻声地和我说：“老公，今天晚上我给你做韭菜卷子，你最喜欢吃了，我不管儿子们想吃什么了，先把老公照顾好再说。”其实她也知道，两个儿子也喜欢吃。

面对这样的妻子，我还能生气吗？生活中这种种微小的幸福时刻围绕在我们身边，但是这只是刹那间的电石火花，亮的时间很短，不用心根本捕捉不到，但是只要用心，只要有心，生活中处处有着这种微小的、不足道的幸福，把这些小小的幸福、小小的感动串起来，就成为一天的幸福，一生的幸福。

如果你想浮躁，如果你想急躁，那么生活很轻松地就能满足你。如何让生活安宁祥和，如何让心情平静安详，需要把小小的心留出一点位置，要把满满的心留出一点空隙，给这些生活中微小的幸福。

记得徐志摩有一首小诗，非常的精短，录在这里和大家一起欣赏。

最是那一低头的温柔，
像一朵水莲花不胜凉风的娇羞，
道一声珍重，道一声珍重，
那一声珍重里有蜜甜的忧愁——
沙扬娜拉！

平凡普通的真实生活最可记

每天下午不写点东西，就感觉好像是缺了点什么似的，又好像是欠了时光一点什么。不写点文字心中总是不安宁，觉得愧对了这大好的光阴，浪费光阴的滋味真的不好受，所以还是写点什么吧。我一直很纠结文字的内容，总想让自己的文字有意义，有价值，可是生活却是如此的平凡，日子又是如此的普通，哪里去寻找那么多有意义的事情呢？今天是三八妇女节，网上应景的文章已经很多，我不想再过多地表达自己对妇女节的感受了。

现在已经是傍晚五点多了，今天下午本来计划不写了，心中却还在纠结这一天不写不好，勉强提笔成文也不知道写些什么，既然生活平凡普通那就还是写一写自己的平淡生活吧，就算别人不喜欢看也算给自己的未来和记忆留些印记。

今天一上午无精打采地提不起精神来，找不到什么理由为什么这样，可是就是当不了身体的家也做不了思想的主，也许这就是亚健康吧，没有办法只能听之任之。下午既然没事做干脆洗洗澡吧，洗洗澡不仅仅能清洁自己的身体，也能提振自己的精神。

疲乏的身体浸泡在温润的水中，一边给自己搓澡一边任思绪飞扬，想了很多很多，想构思一篇小说，一篇小小的小说，不想再写长篇大论了，可是思想怎么也集中不起来。“小说的内容大于形式”，我也忘了这是谁说的了，越是精短的小说越是难写，我本来想写一个凄美的爱情故事：一个男孩在经济情况不好的情况下遇到一个心仪的女孩，女孩不仅人长得美丽心地还很善良，在这个男孩困难的时候，女孩从精神上和物质上都帮助过这个男孩。这个男孩于是无形之中对这个女孩产生了异样的感觉，说不上是爱情还是想报答，但是无论从精神上还是物质上以及家庭条件上和这个女孩都不般配，只能让这种感情深藏心底。男孩暗下决心等有了身份、财富和地位之后再来寻找这个女孩表达自己的感情。后来这个男孩通过自己的不断努力拼搏终于功成名就，成了一个明星式的人物。可是在茫茫人海中再寻找过去的这个女孩，却怎么也找不到了。这个女孩对这个男孩也产生了爱慕之情，却因为生活不幸家庭衰败等原因自身条件越来越差，后来通过熟人也知道这个男孩在寻找自己却不敢去面对这个男孩，只是让这份感情埋在心底。再后来男孩因为找不到女孩心中压抑郁闷，借酒浇愁醉倒在冬季夜晚寒冷的街头，又被一辆过路的汽车轧断了双腿成了残疾人。女孩闻信之后再次来到了男孩的身边，男孩因为自己的残疾不敢面对女孩的感情而选择了逃避。等男孩在外地东山再起之后，寻找女孩，却得知女孩因病已经撒手西去。

洗澡的时候我就构思了一个这样的小说，洗完澡之后却不敢写了。因为故事情节有点太虐心，也因为找不到合适的用小说表达的方式。那就让这个故事在心中沉淀下吧，等成熟的时候再写好了。

下午妻子想出去买一箱牛奶，我洗完澡之后，妻子看我没事便要求我和她一块去，我明白妻子的意思是让我出去散散心，不愿意让我一直在家里闷着。但我还是拒绝了妻子的好意。

妻子出了大门又给我打电话，说她在小区大门外等我，还是想让我陪她一起去。我这次找不到反对的理由了，再说妻子是真心为我好，我也不能总是负了人家的好意，于是答应妻子陪她一起去。

大街上人不算很多，但是车真的多了，红绿灯路口又排起了长长的车队。看到大街上的车辆多了我心中很是欢喜，出小区大门之后的确有一种身心舒畅的感觉。人就是这么怪，在外面待久了不行，在家里待久了也不行，需要经常换一换空气、缓一缓心情。

在朋友们的超市里面闲聊了几句天，看到女老板真的很忙，短短半小时的时间骑着电动自行车送了两趟货。闲聊中谈到孩子的学习，朋友的女儿和我小儿子同年级，都在聊城东昌中学上学，只是不在一个校区。他的女儿作业很多每天都写到晚上十点多，我和妻子总感觉儿子一直在玩，最起码学习的时间没有玩的时间多，特别是周六和周日。妻子听到别人的孩子总是在学习，再想想自己的儿子总是在玩，心中难免不平衡，于是在回来的路上和我唠叨孩子的学习问题。

我劝慰她道："一直学习的孩子学习成绩不一定就好，你的儿子不学习成绩在那里摆着，别总是攀比孩子的学习时间，还要看学习的效率。想当年你老公就是这样边玩边学，成绩也没差到哪里去。"

妻子把不满撒到了我身上："怪不得孩子不喜欢学习，原来随你！"

我说孩子只要有成绩就行，妻子却说，他现在总是玩还有这么好的成绩，要是学岂不是更好，这话令我没有脾气。但是聪明的孩子不会去死学，不能因为孩子的学习总是让家庭不和睦。

从外面回来之后心情好多了，回到小区门口的时候看到一个卖草莓的，红红的草莓令人垂涎欲滴，妻子忍不住买了一点，草莓的价格也不算贵，才八元一斤，这价钱能让人接受，老百姓的心中还是很满意的。

本来以为无话可说，不知不觉写了这么多，连我都有点佩服自己，看这个能写的样子，说不定以后我真的能吃文字这碗饭呢，如果真的能靠文字养活自己和一家人，那我就真的太了不起了。

其实文字不一定非要写什么大道理，用文字记录平凡普通的生活就很好，毕竟我们每一个人的每一秒，每一分，每一天，每一年都是这样的平凡而普通，正是这份平凡和普通才构成了我们真实的生活。

文字写完了，心也安宁了，让心安就是最好的生活方式。把今天留给明天，把文字留给记忆。

有没有同感

今天周四，早晨醒来，窗外下起了淅淅沥沥的小雨，躺在客厅沙发上，静静地倾听滴滴答答的雨声。雨是用来听的，天气不再闷热，能够静下心来，安静从容地听雨声。想起了宋朝词人蒋捷的《虞美人·听雨》。

少年听雨歌楼上。红烛昏罗帐。壮年听雨客舟中。江阔云低、断雁叫西风。

而今听雨僧庐下。鬓已星星也。悲欢离合总无情。一任阶前、点滴到天明。

悲欢离合总无情，人间总是聚少离多。挡不住人在旅途中的雨，握不住人生路上的风。红颜易老，光阴难留，青丝万缕已经苍然白发。两鬓斑白中，人生中再多的风，都已经变成了岁月里的从容。额头皱纹里，时光中再多的雨，也已变成红尘烦琐中的淡定。

你想笑，这个世界上不缺笑话，你想哭，这个人间也不缺悲伤。可是这个世界却是那么的不善解人意：在你想笑的时候，却把灾难悲苦硬推到你的眼前，让你笑得比哭还难看；在你想哭的时候，却把一堆幽默笑话塞到你的怀里，让你哭笑不得，最是尴尬。随着年龄的增长，想要的东西越来越难以得到；随着心胸的开阔，想要的东西也越来越少。是想活得长久？还是想活得快乐？鱼与熊掌不可兼得，岁月无情，容颜易老，问心无愧即可，随遇而安最好！

2020年的6月7日，又是一年高考的日子，想当年我高考的时候，就是那一年的今天，我们那时的高考，没有现在这么隆重，令整个社会为之动容。怀念高考，怀念青春。高考不是万能的，但高考确实改变了我的人生。想当年那些埋头奋斗的日子，那些挑灯苦读的夜晚，夏日夜晚朦胧的星光，操场边此起彼伏的蝉鸣，那些默默努力的过去，都已经成为今天耀眼的见证。其实人和人之间没有多大的不同，之所以能有今天，就是因为默默的坚持。枯燥孤寂贯穿于每个人的一生，坚持下来，每个人都能成功。

不用行色匆匆，时光自有自己的脚步，你快的时候，光阴就会缓慢，你慢的时候，岁月就会匆匆。生活不会按你的思路前行，岁月不会停止前进的脚步。时光安然，岁月静好，想要光阴悠然，先要有一颗平常的心。只有睁开双眼，才会看到幸福，睡梦中光阴再温馨，解决不了现实中的烦恼和忧愁。看破不说破，管住自己的嘴，更要管住自己的心。不要让梦想走向幻想，争取把梦想转化为理想。目标不要定太高，跳一跳就应该能够到。如果连跳一跳你都不愿意，再伟大的理想对你也没有了意义。梦想总是要有的，万一实现了呢？

现实告诉我们，别管是谁，都不可能永远顺水顺风。春天也有雨，夏天也有花。风平浪静的时候，静听花开花谢，风起云涌的日子，搏斗风霜雪雨。上半年已经过去，就不要再留恋，上半年如果还有遗憾，那就在下半年让遗憾圆满，上半年的痛苦也许只是下半年惊喜的铺垫。

别人怎么想你看你，不是你能左右的，但是你可以改变自己，做自己喜欢的事情，不一定非要他人赞许，但是一定要让自己满意。做事情不是为了向别人证明什么，但是一定要证明给自己。努力了并不一定就能成功，不努力肯定是一事无成。有时候之所以自己不满意，说明你的努力还是不够。唐僧经历九九八十一难才取回真经，有时候差之毫厘就会谬以千里。

点滴欢乐

天气热，有太阳，夏季的午后有点懒洋洋。不想出门，可是待在家里又无聊。干点什么呢？还是和朋友们聊两句吧，虽然隔着屏幕，我们都不孤单，别管天南海北，别管东海西山，只要有了网络，我们可以随时随地相识相遇，相交相知。

朋友不要太多，知音更少，在古代，没有网络，你一生也遇不到几个人。现在有了网络，虽然远隔千山万水，依然就像眼前人。特别是有了各种平台，更是把相同兴趣爱好的人聚在了一起。这个时候的朋友可以有很多很多。虽然未必见面，但是神交已久，只要心灵相通，见不见面也不重要，甚至相貌也无所谓，我们要的只是神交。

可以三五天不理，也可以天天厮混，可以打个招呼，也可以不言不语。我知晓你的心中事，你明白我的不了情。我可以偷偷的来，你也可以悄悄地去。不会影响心和心的距离。

无论是露水轻沾的清晨，还是神情慵懒的午后，只要有一朵花的出现，神情便为之一爽，忍不住走向前去欣赏观看。鲜花的盛开怒放，展现了生命之美，花儿的黯然凋谢，随风飘落，顺水东流，则是生命的流逝，时光的无奈。花是大自然之美的体现，赏花爱花护花则是对美的追求和欣赏。从古至今，人们向水而居，无论是今人还是古人，对花的眷恋，都是一样的情愫。古往今来，无论中外，爱美之心人皆有之。生活就是向美向善的过程体验。焚琴煮鹤的时候也有，但是无论如何都改变不了对花的向往，对美的渴望。生如夏花之绚烂，死如秋叶之静美，这是泰戈尔的诗句。原来姹紫嫣红开遍，似这般都付与断井颓垣。良辰美景奈何天，赏心乐事谁家院？

生活有多难，只有亲身经历，才能够体会。一边承受着外来的压力，一边忍受着内心的煎熬。外来的压力还可以忽略不计，内心的困惑总是令人彷徨无助。在悲戚中挣扎的时候，多么希望外面能够有一抹阳光，能够带来生活的暖意，多么希望有一双温柔的眼神，能够给自己带来勇气，一个眼神，就能让生命感到暖意。一丝暖意，就能让内心的困惑烟消云散。

“时光一去不复返，朝如青丝暮成雪。”把脚步放慢，让时光变缓，匆匆的都是过去的岁月，悠悠的才是现在的时光。漫漫人生路，一山一水都是景。有过多少往事，还能再来梦中？水中月就是天上月，眼中人即面前人。镜花水月，虽然美丽，然而一切都是虚幻。假作真时真亦假，无为有处有还无。既然拿不起，那就放下好了，放心心安，当下心安。世事无常，顺其自然。春有百花秋有月，夏有风雨冬有雪。若无闲事挂心头，便是人间好时节。

用他人的光和热，来装点自己的生活，这样的人才是高手。坚持的意义不是在于追逐痛苦，而是让自己的未来更幸福。在夏季，有炎热也有酷暑，在炎热和酷暑中，聪明的人总是能看到夏日清晨草叶上的露珠，睿智和冷静的人也能看到夏日绿叶成荫的光景。唯有心浮气躁的人，满眼都是夏日的炎热和酷暑。

鸟儿可以谈天，鱼儿可以细语。在滚滚红尘中，难得一分安宁祥和，一定要静下心来，才能看到、听到生活中的静和美。“闭门推出窗前月，投石冲开水底天。”没有一颗纯净的心，焉能想出这样的妙语。“竹影扫阶尘不动，月穿潭底水无痕。”在茫茫人海中，一定要留给心灵一个幽静的地方，才能领略到人生中的禅味和诗意。浮躁和急躁带不来你想要的东西，只会破坏情绪。“问渠那得清如许，为有源头活水来。”历史的烟云，文明的源泉，能让你的心静如止水。任它风动也好，叶动也罢，只要心不动，一切都是浮云。

总要养点什么

为了生活，总要养点什么，为了生活的情调和情趣，阳台上都会有几盆花，客厅里可能有个鱼缸，有的人还喜欢养宠物。无论是养花，还是养鱼、养宠物，都是为了让生活变得更加美好。

其实很多人都在注重一些有形的东西，忘了一些无形的东西更需要保养。

首先，要养心，科技在发展，社会在进步，滚滚的车流，涛涛的人流，钢筋水泥的城市里，每个人都在匆匆前行，每颗心都在浮躁和急躁。无论是白天的狂风暴雨，还是夜晚的灯红酒绿，这一颗本应该安静的心，却总是在激烈地跳动。怎么才能让心静下来，让生活的节奏慢下来，养一养那颗千疮百孔的心？读一读文字，听一听音乐，唯有心静，才能心安。

其次，要养一养大脑，自从有了手机和电脑，有了网络，信息真的爆炸了，每天应接不暇的信息，想看不想看的内容，都会蹦到你的眼前。打开手机，打开电脑，打开微博，打开微信，打开快手、打开抖音，时光不知不觉间匆匆而过，各种真真假假的消息，让大脑混沌一片。是时候该停下脚步了，更应该住手了。大脑再强大，容量毕竟有限。你接触的东西越多，大脑越是劳累，你接触了负面东西太多，就没有了正能量的空间。真的怀念以前的日子，拿一本书，沏一杯茶，书可看可不看，茶可喝可不喝，什么都可以想，又什么都可以不想，让大脑休息是一方面，更应该给大脑一些新鲜的空气、一些养料。好好养一养你的大脑。

跳出三界外，不在五行中，忘却红尘的喧嚣和烦恼，为什么那些得道的高僧，总是在寺庙？为什么修行的道观，总是在深山？都是为了养心！远离烦恼，才会不烦恼，惹不起总能躲得起。躲进小楼成一统，管他春夏与秋冬。小舟从此逝，江海度余生。

为了生活，总要养点什么，不要总是养房子、养车子、养颜、养狗、养猫，更需要养心和养脑，规划好自己，人生总要老。心好、脑好，人生没烦恼，生活才是真的好。

黑暗中的渴望

这个世界，不是只有黑和白，还有红色的花，绿色的叶，蓝色的天空，金黄色的阳光。这是一个五颜六色的世界。

时光也不仅仅是白天和黑夜，还有清晨和黄昏。清晨虽然很短暂，但是很美，很清纯。黄昏的时间也不长，但是那份朦胧，那多彩的霞光，也总是让人动心动容。

世界上的色彩再多、再美，都可能不属于盲人。在盲人的世界里，可能只有一种颜色，那就是黑色。

看不到这个世界的人，是一种什么样的心理？我不敢想象，也无法想象。

小区门口新开了一家盲人按摩店，今天正好开业。我每天长时间坐在电脑前，不是腰酸就是背疼，气血循环不好，偶尔需要按摩。以前按摩，需要去比较远的地方，而且现在做按摩的人多，经常需要排队，这下好了，在家门口开了一家按摩店。

怀着一种试试看的心态，我走进了这家按摩店。刚走过门口，就听到清脆的声音：

“叮咚，有客人来了！”

老板在门口安装了一个这样的装置，是为了迎接客人，也为了提醒老板有人登门。

老板真的是个盲人，怯怯地站在店里，身体一点没有动作，静静地等待我的声音。

“老板，今天开业？”我问道。

“是的，是的。”老板的声音比较热情。

“新开业有什么优惠吗？”

“有的、有的，新开业半价优惠。”

进门的墙上挂着价格表，我看了看收费标准，还真的不便宜。半小时按摩四十元，一小时全身按摩七十元，有小儿推拿、足疗，局部刮痧，半身拔罐等诸多项目。不过半价的话还可以接受。

“做哪一个？”又是老板怯怯的声音。

“做个一小时保健按摩吧。”

室内很简陋，一共只有三张按摩床。老板指引我去一张按摩床上。

“怎么只有三张床？”

“三张床已经不少了，现在就我一个人干活。”

我以前在其他地方做按摩，那里的按摩师都很擅长聊天，可是这个老板兼按摩师话却不是很多。慢慢的交谈中，我了解到老板姓江，莘县古城人，盲人学校毕业后，一直在外地打工，后来在闸口那边干过一段时间按摩，也是给别人打工，现在自己到这边开店。房租两万元一年，也不算贵。

“结婚了吗？”我问道。

“没有。农村人，条件不好，没有结婚。弟弟妹妹好就行。”

“你姊妹几个？”

“三个。”

“你在家是老大？”

“是的。只要弟弟妹妹好就行。”

老板连续两次说出只要弟弟妹妹好就行。吓得我没敢问弟弟妹妹是不是也是盲人。

“你在哪里住？”

“我就在店里住。”

我是真心为老板着想，我住的小区已经是个老小区了，东临久和社区，久和社区都是回迁房和经济适用房，这一个区域的消费水平有点低。我认为他的收费标准有点高，于是我说道：“在咱们这里，一般收费都比较低，你的房租不贵，标的价格有点高。”

“我是按着闸口的标准标的价格。”

“闸口那里属于高消费区域，你看闸口有聊城一中、外国语学校和文轩中学、电业局家属院。住在那里的大都是租房子陪孩子读书的，消费水平很高。”

“是，是。在我这里充值有优惠。”

“原来一个在铁塔商场理发的，在铁塔商场理发三十八元，现在到了这里，也是十五元一位。到了这里，就应该按这一片的消费水平定价。”

“嗯，嗯。”老板答应着说，“常来的我也有优惠，就是那些偶尔按一次的，才按标价收费。”

我突然不好意思再说了，我感觉再说的话，好像是我想讨人便宜似的。幸好按摩前说好的半价收费。

老板按摩得很仔细，也很温柔。说我的腰有问题，腿也不好，又说我的脚底也有问题。我嗯着啊着，其实这些我也知道，到了这个年龄不去医院检查还可以，一到医院检查谁都有问题。

按完之后结账，我扫描门口柱子上的二维码付款，扫完之后并没有出现付账的页面，而是显示二维码还没有开启使用，需要老板拿自己的手机微信扫描下二维码才能开通。看样子我是老板开业之后的第一个顾客了。

回来之后，一直在回想老板的话，“只要弟弟妹妹好”这句话一直在我的脑海中回响。

一个只有黑色世界的人，心中照样有对生活的渴望，对家庭的责任。多彩世界里的我们是不是更需要为生活而努力，为了家庭而拼搏。

老师的尴尬和我的心理阴影面积

家中有学生，生活不安宁，特别是家有中学生，更是整天生活在提心吊胆之中。我家老二今年正在上初二。作为一名学生家长，初中生的家长，平静的工作生活中，最怕的是什么？最怕的就是孩子的班主任老师突然来电话。这不，前两天我就“中奖”了，赶上了这种“荣幸”。

2020 年 9 月 24 日，一个美好的秋日的上午，我忙完自己的事情，伸出手拿过手机一看，我的脸都差点绿了，心跳不由自主地加快，我的天！老二的班主任王老师，竟然在微信上联系我四次。

第一次是上午的九点四十七分，语音电话联系，我没有接听。

第二次是上午的十点三十二分，依然是语音电话联系，我依然是没有接听。

第三次应该是看到我两次语音电话都不接，在上午的十一点钟发来了文字信息：见到信息给我回个电话。我依然置之不理。

第四次是上午的十一点十五分，老师依然得不到我的回音，于是用文字信息发来了自己的手机号码。

看着微信上的这几条消息，我真的有点蒙了，这是什么情况？以我对孩子的了解，感觉孩子在学校不可能有什么大事。关键是我这学生家长当得也太不合格了？我看着手机，都能想到老师在手机那一边的尴尬。老师心里会怎么想？这是什么奇葩家长？这个家长竟然一上午对老师置之不理！冤枉呀，我可真的没有这样，也不敢这样，都是这可恶的破手机！平常没正事的时候，一直叮铃、叮铃响个没完没了，怎么到了孩子的老师找我，这么重要的事情来了，手机竟然鸦雀无声呢？老师真的对不起了！我在心里默默想着，拨通了老师的手机。

还好孩子没有什么事，王老师的语气也很和蔼。问孩子昨天怎么去上学的，说晚上放学的时候学校主任看到孩子坐在电动车上，以为孩子是骑电动车上学的。为了学生的安全，学校不允许孩子骑电动自行车上下学，最好由家长接送孩子上下学。

孩子在东昌中学东校上学，离家很近，只隔了一条马路中华路和东昌学院，孩子一般都是骑自行车上学。一开始的时候我和妻子也考虑接送孩子上下学，可是小男生自尊心强，说自己都上中学了，坚决不同意我们接送，于是专门给孩子买了辆自行车。

很庆幸孩子能遇到这样的老师，王老师在电话中和我说孩子很聪明，就是有点浮躁，初中阶段是奠定一生的重要时刻，让孩子保持一种好的学习习惯最重要。我很赞同王老师的观点，良好的学习习惯、生活习惯，对于十多岁的孩子来说最是重要。我作为家长一定要配合老师、配合学校，让孩子健康快乐成长。

妻子从外面买菜回来，我和妻子说起给老师回电话的事情，妻子听了反而有些着急，怪我没和老师说清楚。她昨天早晨送孩子上学去的，放学回来是步行回来的。妻子说昨天晚上孩子放学回来说了这件事情。他放学之后没有立即回家，而是在校门口和同学说了一会儿话，正好让巡查的老师逮到，还被拍照了，今天可能得挨批评。于是妻子又给老师打通电话解释了一遍。

聊城东昌中学真的是一所不错的学校，在聊城的名气很大很响，特别是聊城东昌中学东校。学校好不仅仅好在学校对学生管理的严格，而在于学校有好的老师。就像东昌中学东校的王老师，受到像我这样的家长“这样的待遇”，为了孩子，依然能够心平气和，语气真挚和蔼地和家长沟通交流。这样的心胸，这样的气魄，值得“敬爱”二字。孩子们能遇到这样的老师，是人生的幸运。如果多一些这样的老师，孩子们的学习和生活将会更加美好。

儿子放学回来了，我跟儿子说了和老师联系的事情。儿子笑着说：“你这就有点让我们老师尴尬了。”我说：“儿子，你别光想着你们老师的尴尬，你也算一算，你爸我的心理阴影面积有多大吧。”

家里响起欢快的笑声。又是一个温馨而祥和的夜晚。自从孩子开学到现在，家里基本上没有了火药味，孩子开心，家长高兴，这样的生活才安静从容。

我用文字温暖你

奶奶说：人穷志短，马瘦毛长，人到屋檐下，不得不低头。

母亲说：人穷志不穷，咬紧牙关，赌气成人！

文字不是来自心中，就是来自眼中。来自耳中的文字，需要重新加工！

又到秋季，这个时候的天空总是有着淡淡的乌云。不是白云，而是乌云。乌云不很浓，应该是薄薄的阴天吧。想一想阴天也有很多情形，其实让人烦恼的就是这种说阴不阴说晴不晴的天空。想起了一句歌词：为什么一阵恼人的秋风？

又到寒露时节。每年的这个时候，大家讨论最多的就应该是诺贝尔奖，像我等喜欢舞文弄墨的人，更期待着今年的诺贝尔文学奖什么人能够得到。当诺奖公布了，整个的屏幕都被占据了。

今年的诺贝尔文学奖颁给了诗歌，的确是很令人欣慰的。没想到越来越萧瑟的诗歌，有创新，有了市场，又重新有了活力，又重新焕发的青春。

唐诗宋词是不用说的了，每一个中国人不管喜欢还是不喜欢，都会充满你的脑海和心间。从幼儿园到小学再到初中一直到大学，都离不开对唐诗宋词的学习和赏析。

舒婷的《致橡树》，最近总是在我的脑海中徘徊。因为我家楼下的小湖边有一架凌霄花。是那句著名的“我不愿做凌霄花，借你的高枝炫耀自己”，总是在我的脑海中走来走去，每每看到凌霄花，我就会想到这一句诗。

其实我是很无知的，花在面前那么多年，我一直不知道这是什么花。偶尔的一次用软件搜了搜，才知道这就是诗句中的凌霄花。还有很多植物，我一直很熟悉，但是不知道名字，像木槿花、紫薇花、忍冬花等等。

有些花在秋风中依然绽放，开得很令人心疼，在不是开花的季节开花，花也不逢时吧。

诺贝尔文学奖颁给了诗歌，并不代表诗人从此就好过，也不能说明大家就会喜欢诗歌。很多文字，既然无法取悦他人，最起码要做到能安慰自己。耐不住寂寞，自然就享受不了繁华。写字很容易，码字很难。技巧和方法只是其中之一，最主要的是自己要喜欢才可以。如果连自己都不喜欢，非要强求他人喜欢，我想这就是强人所难了吧。

文字很苍白，但是文字有温度。特别是在这个秋季。最好让文字温暖你那颗凉凉的心。

现在码字很容易，只要有一部手机。配图也特别简便，只需要一部手机。

有时候不知道该不该写，有时候思绪会在那里催促你。我想还是顺其自然吧，想写的时候就写，不想写的时候也别难为自己。

说不出的感觉都曾有过

国庆中秋假期过半，在济南见识了景点的人潮，趵突泉畔人满为患，芙蓉街上更是人挨人人挤人，到了大明湖畔，还没有来得及去看看大明湖畔的夏雨荷，儿子就已经一直喊累，妻子也说有点累了。于是，我们从大明湖的南门进入，直接从大明湖的西南门出来了。回来的路上，正好碰到高速路黄河大桥堵车，司机无奈只能从济南高铁西站下来，走济齐路到齐河再重新上高速。本来一个多小时的路程，用了将近三个小时的时间。虽然说时间就是金钱，一寸光阴一寸金，但碰上堵车，再金贵的时间也只能无奈。

回到家看着新闻上面的高速堵车，各大景点人潮汹涌的画面，不由得感慨还是待在家里面最好。

面对假期之中的悠闲时光，真的只待在家中，心中也是不舒服。在家里待了多半天的时光，下午实在无聊得很，妻子提议干脆逛一逛家门口的景点吧。聊城的月季公园离家最近，步行也就是十多分钟的路程。而且聊城的月季公园也真的不错，那就去看看吧。正好晚饭也别在家里吃了，儿子昨晚就惦着小区门口饭馆的葱油拌面。

到了饭馆，找到座位，开始点餐，妻子晚上一般吃得很少，想要一小碗拉面，可是儿子点餐的时候忘了告诉老板小碗，面端上桌，妻子看着满满的一大碗面犯了愁，催促我和儿子快帮她吃点。我晚上的胃口也不佳，不想多吃，儿子帮着妻子吃了点，妻子连拉带劝让我也帮她吃了两口，结果还是剩下半碗面。看着桌子上剩下的面，真的是心有余而力不足，只能是一边心疼一边走出去。感觉浪费粮食很不应该，但是也真的没有办法，晚上不想多吃东西，再说我已经吃得有点撑了，也只能这样了。

到了月季公园，看到门口的墙上挂着“聊城网红打卡地”的牌子，现在真的很流行“网红”二字。哪里都有这两个字的身影，从网红景点到网红食品，处处网红，我非常担心这两个字再被用烂了，因为网红不代表成功，也不代表质优价廉，甚至有些网红的东西，都快成了假冒伪劣的代名词了。

月季公园真的很大，进门之后就听说晚上七点半有音乐喷泉表演，音乐喷泉表演应该是月季公园最吸引人的节目。很庆幸能赶上音乐表演，平常还真的没有时间去看。可是美中不足的就是，这个时候有点内急，月季公园因为大，有四个大门，正门应该是北门，我们是从北门进来的，已经错过了北门的卫生间。这个时候是晚上七点多了，妻子和儿子着急赶到喷泉表演的湖边观看，月季公园内的小湖在公园的南部。

我们就选择小道尽快赶到湖边。到了湖边，凉风习习，秋季的晚风真的还有点不胜寒意。稍等了一会儿，喷泉表演就开始了，伴随着音乐声，美轮美奂的灯光演绎着夜色的繁华，灯光映衬湖水，点燃夜空，如梦如幻。

湖边观看音乐喷泉表演的人很多，半个小时的表演时间过得真快，真应了爱因斯坦的相对论，快乐的时光总是很短暂。当表演结束了，才想起来还没有去卫生间。人很多，随着人流走动，到哪里去找卫生间呀？正好看到路边的保安人员，赶忙过去问询，得到的答案很令人失望，最近的洗手间距离这里还要五百米。

内急的时候真的不好受，一听洗手间还有这么远更是令人郁闷。还是小儿子比较精灵，给我出主意说用导航搜一下。我打开百度地图搜了下，最近的洗手间只有一百米远，想来安保人员也不知道，不然不会给我指引那么远的地方。儿子说：这导航真的挺厉害，连这个都能定位出来。

我也感觉到很神奇，科技真是让生活变得更方便。所以，为人莫做亏心事，人在做，卫星在看！

让文字伴你入眠

妻子每天都会铺床叠被，打扫卫生，家里面天天都要拖地，每天她都会把家里的垃圾，大包小包往楼下提。

小时候穿得很破，却不脏，因为母亲也是特别爱干净的人。她再辛苦也不会让自己的孩子邋邋遢遢。生活再忙，委屈再大，母亲也要把家里的卫生打扫得干干净净。

因为母亲和妻子都深深懂得一个道理：有一个干净利索的环境，才能拥有一颗轻松快乐的心灵。

其实这个世界上，并不存在绝对的干净。有很多细小的尘埃无论你如何打扫还是照样存在。在这个世界上，最快乐的应该是尘埃，无论你看得到还是看不到，一直在那里欢快地舞蹈。冬季的阳光斜射进室内，认真仔细地看，你就会看到尘埃的快乐！

人生本无事，庸人自扰之。人生最大的痛苦，不是生活上的困苦而是精神上的桎梏。所以无论生活如何的变化，无论世间多少的尘埃，都不能让心上蒙尘。母亲和妻子可以打扫家庭的卫生，自己心上的尘埃，只能自己扫除。

心简单了，这个世界也就简单了，心大了，这个世界也就广阔了，心干净了，身外的世界也就清净了。

爱随性，做随心。家里的卫生需要每天打扫，心灵的灰尘也需要清理才可以。

今天，你清心了吗？每天不要忘了，把心里的垃圾往外倒一倒。

语言是有力量的，老祖宗早就说过，积毁销骨，众口铄金。

文字是有力量的，鲁迅的笔就是枪。一篇檄文，堪比十万雄兵。一封书信，能救数万百姓的性命。

无论是语言还是文字，都需要一颗领悟的心。秀才碰到兵，有理讲不清。不在一个频率上，就是鸡同鸭讲。

“让明月代问候，思念的人儿泪长流。”

“你问我爱你有多深，月亮代表我的心。”

声音很优美，文字很深情，没有领悟也没有用。

一个阳光和煦的冬日，天气虽然晴朗，气温却是很低，原计划早晨出去走一走，结果一不小心睡过了头，清晨的凛冽没有品尝，错过了也没有必要遗憾，因为还有明天。

无论如何的努力，再也无法回到过去。时光匆匆流转只能向前，却无法倒流。时光无法回头，我们可以回首，经常回过头去看一看，看看自己在人生路程中的脚步，是如何的坎坎坷坷，看看自己在岁月中走过的脚印，是如何的曲曲折折。

记忆是单纯的，回忆是美好的，回顾过去不是单纯为了怀旧，而是为了更好地走进未来。

去日苦多，来日方长。余生已经不多，做一点自己想做的事情，做一点自己喜欢的事情。

有时候思维总是固定，越是大号码热开，越想去关注小号码。大家越是都去关注小号码，大号码越是热开。生命中这样的恶性循环太多，我们除了无奈，剩下的只是等待。怕就怕你变来变去，始终跟不上节奏，永远慢半拍，才是人生的悲哀。

明明知道奇数号码应该热开，却鬼使神差地去关注偶数号码，有时候想一想真的不能心存侥幸，小聪明不如大智慧，要小聪明真的不好，这也是玩彩票对人生的教训。

事物的发展变化，不以人的意志为转移，要有一个快乐的开始，也要有一个愉快的结束。

就算前行的过程无比艰难，也要在焦头烂额的时候沉着冷静，轻松快乐前行。

有始有终本应该是最基本的要求，可是很多事情往往却是，来不及开始，就匆匆结束。

更多的是，高高兴兴的开始，垂头丧气的结束，中间的过程除了唉声就是叹气。

经过岁月的沉淀，经历时间的过滤，留在记忆中的都是一些温馨美好的往昔，回忆会自动屏蔽那些曾经的忧伤和令人喘不过气来的压抑。

生活中的困难，真的没有那么难，咬咬牙，挺一挺，就能成为过去。狂风暴雨之后的天空，清净明媚，风和日丽。没有必要总是为难自己，更无须让他人的错误来惩罚自己。

在开始的时候，想一想结尾，最好的结尾肯定要想，最坏的结局也要考虑。

谁的日子都不是一帆风顺的，我的日子过得也有点艰难，这些天身心非常疲惫，非常的憔悴。

一场雨，一场雪，冬的大幕已经缓缓拉开，天空变得有些肃穆，大地已经不再张扬，就连太阳都收起了自己的锋芒。

天地一片静谧！

有雨的时候可以撑把伞，听雨声滴答，看时光流转。

有雪的时光可以诗意，也可以肆意。在雪地上撒点野，会是每个人一生的期盼。

人生到处知何似，应似飞鸿踏雪泥。

大雁已经远去，天空已经不再热闹，我们的心是不是还在悸动？

当一件闹心的事情来临的时候，你只有两种选择，一种是改变，一种是原谅，改变如果很难，那就选择原谅。人生也许不会改变，但是自己可以看开！

天气比较清冷，期待的冬日暖阳，似乎就要来了，可还是太阳也是懒洋洋的，似乎是个受气的小媳妇，一点也没有精气神。

在群里看到一句话，似乎很有哲理的样子。要珍惜那个不在你身边却经常逗你笑的人。其实这句话，不能细琢磨。后来又看到一句话：那个费尽心思逗你笑的人，终究比不上让你一见面就开口笑的人。

何以解忧？看到这样的题目，每个人的答案或许不同。我拿这个问题问妻子，妻子说想出去旅游。这是一种答案。

妻子反过来又问我，我说看到这个题目，我最先想到的是花钱买笑，既然深陷痛苦之中，那就花钱找点乐趣。

其实这个问题，在国外还真的有人在研究，而且通过研究得到的结论，你真的想不到。人在痛苦时，花钱买的最多的是遭罪。将身体和心灵置于极端痛苦之中，然后凤凰涅槃，浴火重生。得到新生的身体和心灵，才可以重新快快乐乐，重新上路。

“入芝兰之室，久而不闻其香。入鲍鱼之肆，久而不闻其臭。”很多事情，就怕习惯了，习惯了，也就淡然了。欢乐的时间长了，也就无所谓欢乐了，痛苦久了，也就麻木了。

珍惜不在身边给你带来欢乐的人，更要珍惜关心爱护你的身边人。趁阳光正好，趁岁月不老，学会珍惜，学会关心。

人各有志，不能强求。有的人擅长鼓励，有些人知道感恩。有的人喜欢说三道四，有些人总爱挑肥拣瘦，讽刺挖苦。

不记得什么时候了，看到过这样一句话，中年人最大的自律，就是克服纠正他人。不用看具体的内容，就这一句话，就值得每一个中年人深思。因为每一个中年人，最大的特点就是好为人师。总想用自己的观点去改变他人。

撼泰山易，想改变他人难呀。很多习惯都已经根深蒂固，深入骨髓。夏虫不可语冰，井蛙不可语海。对于没有经历过的人，任你是绞尽脑汁，费尽口舌，也终究是鸡同鸭讲，无功而返。与其浪费时间和精力做无用功，不如宁静淡泊，自得其乐。

何德何能，不事桑农。劳心者治人，劳力者治于人。旧时王谢堂前燕，飞入寻常百姓家，风流总被雨打风吹去。知足常乐，能忍则安。

窗外雾蒙蒙，阴沉沉，如果能下点小雪也行，这个冬天的聊城还没有雪花的身影。

不想让一个人的无奈，成为多数人的悲哀。为什么内心总是感到一阵阵的空虚。

生活中有太多的无奈存在，昨天阿根廷球星马拉多纳走了，离开了他所喜爱的足球，上帝之手终于回到了上帝那里，留给我们的却是说不出的悲哀。生命很重，没有了生命，一切都成了虚空。生命又很轻，犹如灯灭，犹如一片落叶离开了枝头。

生活中也有着太多的惊喜徘徊。妻子一边洗衣服，一边在听着郭德纲的相声。我问她怎么听起了郭德纲，她说给时间找点乐趣。

欢乐和悲哀同在，就看你去寻找什么，你的追求就是你的所有。天空的阴霾不代表心头的悲哀，苦难的日子里，追求点快乐，平淡的时光中，不要让暗淡的情绪左右了精彩的人生。

居家过日子，就是柴米油盐酱醋茶，平静安然的生活中，也有着许多的小确幸。夜晚床头的那盏灯，就是温馨和从容。平平淡淡才是真，做好每一件小事，过好每一分每一秒。健健康康就是福，一切都身外之物，生不带来死不带去。太看重了名和利，只会束缚自己，不会成就人生。想开看淡，生活才会从容。

早晨起来喝的地瓜玉米糊，里面有两种地瓜，一种是红心的，一种是黄色的。两种颜色，都不难吃。我随口问妻子，怎么买了两种颜色的？妻子说看看哪种好吃，下次再买。因为我不是十分喜欢吃地瓜，于是顺口就找茬，一棵树上的桃子还不一个味呢，地瓜这次好吃不好吃，怎么能代表下次？

我虽然是找茬，说的话也不是没有道理，但是想一想，妻子说得也没错。

金无足赤人无完人，每一个人都是独一无二的，每一块地瓜也应该都是不同的。不同的只是些微的差异，大同小异才是正理。所以地瓜是地瓜，大家一看就知道是它。

为什么不爱吃地瓜，因为小时候在老家经常吃地瓜，再好的东西，吃多了也会腻，经常吃也会烦，更何况那时的地瓜根本算不上好东西，反而是现在的地瓜又成了好的，原来小时候被用来喂猪的地瓜，现在成了餐桌上的宝贝，妻子买的地瓜，还两元钱一斤呢。连地瓜都能卖上两元钱一斤，可真的不算便宜，快赶上现在的白面了。

随着时光的流转，曾经最卑微的地瓜都能翻身，给点时间，相信每个人都能灿烂无比。

别在乎一时的卑微，将军小时候也会尿床，山谷寂寞的角落里，野百合也有春天。平常心，平凡心，就算一点不变，时间也会将你改变，日子会改变，身份也会改变。

每天用文字来调节情绪，希望我的号码能让你顺利，更希望我的文字不仅仅是安慰我，也能治愈你。

温馨每一天

不知不觉间，已经是十一月份的最后一天，今天周一，也是新的一周的开始。结束一个月的时光，开始新的一周征程。一个结束，一个开始，岁月就这样匆匆而过，缓慢而行，我们期待这个冬季的白雪飘零。

不想用华丽的语言奢谈什么人生的格局，总感觉自己不配这样高端大气奢华的言辞。个人的喜怒悲欢放在时代大背景下，都只是个人的小情怀而已。家国天下，构成了我们这个大时代。不想奢谈什么生不逢时，每个人的一生，都有自己的轨迹。每个人都有意气风发的时刻，都有孤单落寞的瞬间。兴高采烈固然值得珍惜，忧伤寂寞的时候也值得铭记。

做人，没有脾气不行，人善被人欺，马善被人骑。但是单纯靠脾气也无法生存。在社会中，需要的是真本事才能立足。有本事的人，能够把坎坷踏平，能够把苦难踩在脚下，所以一般用不着脾气。没本事的人，才会把困难举在头顶，面对艰难困苦，才会雷霆震怒。脾气越大的人，本事往往越小，脾气越小的人，才有真的大本领。

别管本事大还是小，都不能拿他人的错误来惩罚自己。早晨起来，照照镜子，正正衣冠。镜子脏了，不代表脸是脏的；脸上蒙尘，也不关镜子什么事。其实每个人的心，都是一面镜子，心这面镜子，反映的就是你的世界，心若干净了，这个世界也就不会太坏。

不要让他人的语言伤害你，偏听则暗，兼听则明。内因决定外因，外因对内因仅仅有些许影响，影响的大小，就看你的心坚定不坚定。

一滴墨水滴在杯中，整杯水都会变颜色，一滴墨水滴在大海，大海照样蔚蓝纯净。

做人有高度，也要有深度，人贵语迟，静水流深。站在高处看世间，每个人都如蝼蚁，站在井底观天，天也就是巴掌大一片。

站在高处往下看，处处一片阳光灿烂，立足低处抬头望，到处都是一片阴暗。你若缺少高度，看到的都是各种各样的问题。我若没有格局，生活中处处都是鸡毛蒜皮。

生活不仅仅有琴棋书画诗酒茶，而且还有柴米油盐酱醋茶。琴棋书画虽然高雅，柴米油盐谁也离不了。

人生虽然很短，余生也很漫长，依然有很长很长的路要走，有很多很多的优美风景要看。把时光留给最美的风景，把心留给最有价值的事情。无谓的小事，就让它随风而去。做一个平凡平淡的人，既能耐得住寂寞也能享受得了繁华，就算在一地鸡毛中生活，也要用心发现羽毛的美丽。

生活中有许多的痛苦，但也有很多的快乐，面对艰难和苦涩，我们需要看开，但是不能看破。就算看破，也不能说破，彼此留点尊严，日后好相见。

一个高尚的灵魂，才能让这个世界更加的真！善！美！

我手写我心，我的文字是为了我而存在。生活中太多的苦闷和心酸，我需要用文字把激情点燃。岁月中有着太多的无奈和苦涩，让苦涩的滋味变得有点甘甜。人生的旅途坎坎坷坷，凝固的热血需要文字的润滑和稀释，才能让岁月更好地走下去。

去日苦多，人生苦短，每个人的生活中都有太多的落寞和孤单，我本凡人，也有着七情六欲、苦辣酸甜。为了能够坚持下去，我需要用我的文字来激励。这些文字是用来慰藉我的心田，如果你看了也有同感，那就是和我同频的人，让我们一起携手并肩，勇往直前！

时光不管你是高兴还是忧愁，依然缓慢向前，什么也挡不住时光的脚步，我们只能随波逐流。

没有快乐，我们就追求快乐，到哪里去寻找快乐的身影？快乐不在天空，快乐也不在地上，快乐就应该在我们自己的心中，只不过是隐蔽在某一个角落里不愿意出来，那就唤它出来。

我对着天空大喊，快乐你在哪里？天空没有回应。我对着大地大声的呼唤，快乐你快点出来，大地苍茫也没有回声。

心眼太小，世界太大，很多的事情装不下。做人有底线，做事有红线，只要不破底线，只要不碰红线，自由的空间足够大。无关生死，都是小事，生老病死，也是大自然的规律。想开了，看淡了，一切也就那么回事了。

只有卸去心头的忧伤，快乐才会爬上眉梢。其实宁静淡泊的生活中，也并没有那么多的忧伤。“少年不识愁滋味，为赋新诗强说愁。”很多的不快，都是自己寻找的。把圈画得大一点，把喜怒哀乐、生老病死全部包装在内。也就无所谓什么忧伤还是快乐。

没有风也就不会有浪，没有喜也就没有忧。天空无晴也无雨，心中无悲也无愁。青山不老，绿水长青。竹影扫阶尘不动，月穿潭底水无痕。

冬天的白天是那么短，夜晚是如此的漫长，在这漫长的夜色中，睡眠并不是特别的安宁，最近几天的夜晚，不是失眠，就是多梦，更显出深夜的漫长。到了清晨应该清醒的时候，大脑中依然一片混沌，浅睡中不想醒来，好不容易醒来之后也不想起来。没想到到了冬季，起床反而成了难题。早晨好久没有到室外去走一走了，室外的空气不好只是给不出去一点点心理的安慰，其实最主要的还是起不来床，而起不来床的原因在于睡眠不好。晚上睡眠不好，白天也就没有精神。

又到了年终岁尾的时候，各种各样的活动多来起来，今天是聊城小雨滴读书会两周年，小雨滴读书会在东昌湖边的孔繁森纪念馆搞两周年庆祝活动，心中非常想去参加。聊城市国学促进会今天也有个讲座，在中华水上古城中心的光岳楼东，请的是岳飞的后代讲一讲岳飞的精神。我也是特别想去听一听。可是我也不可能分身三处，因为今天周六，我需要为朋友们分析周刊，所以哪里都不能去，心中颇为遗憾。

从小就喜欢读书，小时候家里穷，零花钱很少，省吃俭用省下的钱，都换成了书来充实自己的心灵。因为喜欢读书，也就喜欢作文，经常写写文字，为了安慰勉励自己，也为了朋友们调节好心态。多年的累积，梦想也能成真，出版了两本书，读过的朋友都说好，我心甚慰。加入聊城市作家协会，成为了梦寐以求的作家，又成了山东省作协会员，也有了小小的名声。深受朋友们的喜欢和爱戴。

每天在书斋中，写一些文字，闲暇时的时候看看书。小日子按理说也过得安静从容。可是时光并不像想象中那么安静祥和，每家每户都有家长里短，家家有本难念的经。在书桌前坐久了，也是腰酸背疼，头昏眼花，也想出去走一走，结交一些志同道合的朋友。

也许是性格脾气使然，无论做什么事情，不做可以，做就想做好做精。分析号码我是认真的，研究走势我也是用心的。准不准真的无法承诺，但是认真仔细我绝对做到了。相信用心看的朋友也都能感觉得到。

一起走过岁月

昨天等待的第一场雪，没有等来，还是爽约了，今天早晨起来，也没有看到大地的一片洁白。心中那种落寞的感觉，真的好像错过了什么。不过雪虽然没有下，雨却滴答了一整天。

冬季的雨真的一点都不美丽，再加上冷风来袭，让人心情很是凝重，凄风苦雨中，真的很难让心情安静、让时光安详。雪不来也就罢了，如果冬天没有雪花，我们就期待冬日的暖阳吧，冬有暖阳夏有凉风，也是人生最曼妙美好的风景。

红尘冷漠，烟火人间，红尘的冷漠消融在人间的烟火。有人伴你共黄昏，有人问你粥可温。最平凡的瞬间、最普通的生活，也是人间最珍贵的感情。在冬季需要寻找的就是人间温暖。凄凉的雨、寒冷的风，需要内心的安静从容，来抵御这风刀霜剑。期待岁月中处处有花香，盼望寒冷的时节有暖阳，我们一起走过岁月，父亲满头的白发，母亲满脸的皱纹，都是岁月刻下的伤痕。孩子纯真的笑容，让我们内心不再忧伤，步履不再彷徨。

人生苦短，岁月情深，路遥知马力日久见人心。风雨之后不一定有彩虹，狂风暴雨之后一定有着万里的晴空。脚步深深浅浅，走过的都是人间的路，所有的走过路过，都是岁月的痕迹。其实余生并不漫长，以良好的心态认真对待生活中普普通通的每一天，以善良的心和身边的人和事共存。只要心中有爱，苦恼就不会长久存在，幸福不会从天上掉下来，温馨一定是从内心长出来。

人生一场，艰难困苦是常态，人活一世，只不过是在人间走一遭，见到的人、遇到的事，都会成为自己的阅历。把经历变成经验，珍藏在自己的心间，用得着的时候，想着拿出来。书到用时方恨少，事非经过不知难。一花一世界，一树一菩提。

寒冷的冬天来了，小区的业主群里，又有人抱怨家里的暖气不暖，每个人都想有一个温馨的家，家的温馨，可不仅仅是温度那么简单。幸福的家庭都是相似的，不幸的家庭各有各的不幸。家和万事兴。家庭首先要和气，才能温馨，只有温馨，才会温暖。冷冷的脸、冷冷的语言，是对家庭最大的伤害。少些牢骚，少些抱怨，多些关心，多些呵护。老吾老以及人之老，幼吾幼以及人之幼，是老宗祖留给我们的箴言。

这个冬天才刚刚开始，雪花暂时没有，还能期待，外面虽然阴天，我知道太阳依然在天空，乌云毕竟遮不住阳光。抬头就能看到天空，侧耳就能听到竹林打叶声。人生无奈，人间有爱，温馨又从容，人生几度夕阳红？

约好的今冬第一场雪，不过雪没有赴约，等待的过程也很美好，看着阴沉沉的天空，等待雪花的飘零。

等待的是一场雪，其实要的是雪后的天空一片空蒙，要的就是这一份大雪初霁的意境。

一个人在天地之间踽踽独行，留给世界一个孤独寂寥的身影。也盼望这个世界充满爱，也想让内心有温情涌动。可是冬季的萧杀凄冷，总是令脚步不再那么安静从容。

漫漫人生旅途中，总想找一个人可以同行。历经千辛万苦的煎熬，总要找一个后背可以依靠。顶风冒雪前行，总想找一个港湾避风。

大千世界，芸芸众生，每个人都有难言的苦衷，家家有本难念的经。你羡慕他人外表的光鲜，也许他人羡慕你内心的从容。光鲜的外表后面也有眼泪在飞，从容的水流也有波涛在暗涌。

岁月里，总有一些人，不知道你的苦难，所以指点你的懦弱；时光中，也有一些人，没有切身体会你的委屈，所以嘲笑你矫情。

在每一天的现实生活里，每个人都有每个人的生活。他没走过我的路，自然不懂我的苦；我没有陪伴在你身边，自然走不进你心里。其实正像那位诗人说的，“我懂你，像懂自己一样深刻。”

有时候简简单单的一句话，就能触碰到了心中的涟漪。有时候一个温柔的眼神，就能释放内心的委屈。阳光灿烂的日子里，不知道太阳的重要，凄风苦雨的时光中，才明白温度的不可缺少。

每一个冬天都会过去，每一个春天都会来到。反过来也一样，每一个冬天也会如约而来，在冬天来临的时候，你是要风度还是要温度？

我只希望有个人，能懂我，爱我，理解我，谅解我。愿得一人在心间，浪迹天涯也心甘。

每一天从容安静的背后，都有人为你负重前行。每一场大灾大难，都有无数的英雄和脊梁出现。忘不了那些逆行的身影，一定要铭记 2020 年。这一年，见证了人心，经历了大爱。一方有难八方支援，正是我们的祖国，正是我们的文明。

其实有很多的东西，并不关乎疫情，面对人性的贪婪、人性的丑陋，疫情只不过是一个载体、一个过程，有了疫情，也许只是为自己的懒惰找到了一个借口；没有疫情，也不一定就安定从容。

有了这场疫情，你是你；没有这场疫情，你还是你。天有阴晴雨雪，人有旦夕祸福。

做好自己，做回自己，干自己该干的事情，走自己该走的路。外面已经晴空万里，你的心里就不要再下雨。

每一个坚强的笑容背后，都有一颗千疮百孔的心。不管是在深夜里流泪，还是在深夜里买醉。当阳光灿烂的时候，请扬起你的笑脸，向着明天出发，留给今天一个潇洒的背影。

偷闲

今天的聊城不仅仅阴天，还有大雾，好久没见这么大的雾了，隔窗望去，外面白茫茫一片，远的近的景物，都已经被白色的雾气遮拦，什么都看不见。

昨天下午出门，一走出小区的大门，就感觉心口堵得慌，向远处看，一片朦胧，下午三点多的光景，大雾依然如此厉害，特别像我这样体质比较差的人，看到雾胸口就堵得厉害。赶快戴上了口罩。只有戴眼镜的人，才知道冬天的口罩有多么的烦人，稍微一喘气，眼镜上就是模糊一片，眼镜片蒙上水汽，让这个世界更显得模糊。只好使劲捏口罩的鼻梁条。

坐在井底观天，天也就是井口大一片，用眼睛看世界，很容易一叶障目不见泰山。总想走出去看一看，转一转，可是身边的那些景物，转的时间长了，看的日子久了，很容易熟视无睹，再美好的风景，也都成了过眼的云烟。真的很想去看看天涯，去看看海角，去看看天边，可是人在陋室，如何让心踏遍河山？

眼睛和身体，总要有一个在路上。诸葛亮在隆中高卧，于草庐之中就能三分天下，靠的是什么？我想应该是读书。既然大雾天气不能上路，既然大雾天气不能远游，那就让书香陪伴我们，有了书香的陪伴，寂寞也不再寂寞，孤独也不再孤独。用眼睛看书，用心看世界，世间万物尽在心中，人情险恶都在心里。书读得多了，很多事情想一想就能明白。

心静下来了，这个世界也就没有那么嘈杂和浮躁了。泪眼观花花落泪，花儿是不会流泪的，流泪的只是看画的人。杜甫曾经漫卷诗书喜欲狂，也曾经感时花溅泪，恨别鸟惊心。冠盖满京华，斯人独憔悴。也是李白的伤心，其实好好做一个诗人就行了，好好的一个诗人，非要去当政治家，既没有谋略，又没有手腕，还没有人脉，只好冠盖满京华，斯人独憔悴了。

可以不知道天有多高，可以不知道海有多深，也可以不知道地有多厚，但是一定要知道自己几斤几两。生在这个世界上，最怕张狂，最怕狂妄，最怕不知道自己几斤几两。杨修聪明反被聪明误，终落得悲惨下场。曹子建才高八斗，他就不是帝王。

生活不止眼前的苟且，还有诗和远方。其实诗歌真的只在身边，远方那只是神往。幸福就在身边，亲人就在身旁。

每个人的生活中都有苦有乐、有忙有闲，化腐朽为神奇可能做不到，但是把痛苦转为欢乐其实并不难，只需要换一种心态，换一下心情。人生在世，永远是比上不足比下有余。忙里偷闲，喝杯茶去吧。

今天的聊城还是阴天。其实最不喜欢的就是冬季的阴天，要么下点雪，要么晴天，老天为什么总是阴沉着一张脸，弄得人心中也不愉快！

喜欢春天的花，喜欢夏天的雨，喜欢秋天的月亮，喜欢冬季的暖阳。春天花烂漫，夏天雨水多，秋天的月亮又大又圆，唯独冬季的暖阳，总是喜欢躲藏。

风花雪月的年少已经成为遥远的记忆，凄风苦雨的中年里还要露出轻松的微笑，成年人的世界看上去似乎很潇洒，其中的酸甜苦辣只有自己知道。上有老下有小，中间身体还不好，只能打落门牙和血吞。

无论多难，别难为自己，无论多苦，别苦了妻儿和父母。车到山前必有路，船到桥头自然直。

不念过往，不惧将来，风雨同舟，一路同行，生活给了你多少伤害，有人就会给你多少爱。

换位与站位

这几日颇为惆怅，信息太多，信息量太大，需要有选择地观看，更需要有选择地接受。各种小道消息满天飞，如果你只是看这些消息，你的心情肯定很烦躁，如果只是看这样的消息，怎么才能让自己的心态乐观积极，怎么让自己的情绪安静从容？

很久很久以前，看到过这样一个小故事：

两个鞋厂的业务员，到了一个人迹罕至的热带小岛上，结果发现岛上的人都赤着脚。两个人都立即给自己的厂里汇报。第一个人是这样汇报的："完了，这一趟白跑了，这里的人都不穿鞋。"第二个人这样汇报："快点给我发货来，多发点，这里的人都没有鞋穿。"

同样的一个现象，两个业务员得出来的结论完全不一样。

消极的人总是看到事物悲观的一面，积极的人总是看到乐观的一面。心态不一样，得出的结论并不一样。

悲观的人只会在机会中看到忧患，乐观的人才会在忧患中寻找机会。每个人的身份不同，每个人的行业不同，每个人对事物认识的程度不同，得出的结论也不同。但是无论如何，要做一个积极的人、乐观的人、向上的人。

现在的微信群里，有些人经常发一些小程序的内容，这些发的人也许是好意，感觉到他看了很好想分享给大家。但是有些小程序真的是恶意程序，不单单带着病毒，还能恶意传播，甚至还会盗窃你的个人隐私和个人资料。这样的人也是好心，但是别人也并不一定就领情，有上当的人还可能会憎恨厌恶发小程序的人。好心办坏事的例子也是比比皆是。

生活中经常有这样的场景出现，有些人有了稀罕的东西，都愿意分享给他人，有了好吃的好玩的东西，愿意分享给左右邻居，但是别人并不一定领情，甚至会倒打一耙，令你左右为难，哭笑不得。

我就曾经有过这样的经历。一楼的邻居跑到三楼敲我家的门，开门之后一张笑脸，一把新鲜的香椿芽递了过来。过节了，二楼的邻居拿了两瓶酒送到我家里。二楼对门的邻居父母从老家来城里卖菜，送了两棵白菜上来。又一次我和妻子有事出去回来晚了，孩子放学进不了家门，被六楼的邻居领到了家里去。邻里邻居，礼尚往来，和谐和睦相处，多好的事情。我刚搬到小区不长时间的时候，看到大家和睦相处，很是开心。有时候母亲也从老家来看我们会带来一些新鲜的、不打农药、不上化肥、自己种的蔬菜，我们也积极主动给楼上楼下的邻居送点去。

好心是好心，但是真的不一定就得到好报。看问题的角度不一样，看问题的出发点不同、立场不同，得出的结论就真的不一样。事物无论怎么发展变化，总会有一条是主线，这一点是毋庸置疑的，但是从一个点到另一个点，很多人走的并不是直线，有的人画圈儿，有的人左右摇摆，还有的人可能根本走不到另一个点。

这个世界还不完美，人性有善有恶。但是我们总要有梦想，总要有追求，既然有了假丑恶，也就有了真善美，我们一起向真向善向美，一起抱着一颗积极的心态，心态是积极的，态度就会是乐观的。

希望期待支撑我们

我站在窗前向外看，远处的天空一片澄明清澈，天空瓦蓝瓦蓝，空气清新干净，让人的心情异样清爽痛快，好久没有这样干净的天空了。我想在天空找一片白云，我想看一看白云在空中的变化，可是我极目远望，却怎么也找不到。记得小时候写作文，经常用到的就是万里无云，但是那时候的万里无云只是单纯靠想象。现在真的是万里无云了，不仅仅万里无云，不仅仅空气清澈，还有很好的阳光，和煦的阳光照在路上，照在树上，照在房屋上，照在一切能照到的地方。

室内一片温馨和安详的气氛，大儿子正在自己的笔记本电脑前聚精会神地玩他的游戏，小儿子斜躺在沙发上，双手抱着手机，眼睛不离手机屏幕，正在兴致勃勃地玩手机。这样的情形看在眼里，痛在心里。这个时候管也不好，不管也不好。去管，温馨祥和的气氛马上就会剑拔弩张；不管的话，这样黄金的年龄，这样大好的时光，就这样白白地流逝走了，再也不会回来。生活中为什么这么多的左右为难？

孩子要管，不能放任，管孩子又不能采用太过于激烈方式，因为熊孩子们的脾气，我已经深深地领教过了，你要是着急上火，他们比你还凶。你要是情绪激烈，他们比你还态度还恶劣。其实我不是怕孩子，只是不愿看到他们大吼大叫的样子，不愿意破坏家中安宁、祥和的氛围。孩子们一吼一叫，态度一旦不好，我更容易着急上火。还是采用温和的方式吧。我到书房拿了两本书，轻轻地放到孩子们旁边，给老大拿了一本鲍鹏山的《风流去》，这本书还是他买的，给老二拿了一本《读者》校园版，这是专门为他订阅的。告诉他们不要一直玩儿，留点时间给书本。两个孩子都点头答应了。

今天的山东聊城的天气很好，天气预报说，明天的聊城天气也不错，不过后天，大后天，天气再次变冷，这也许是这个春天最后的一波寒流了吧？

老大还在和同学玩联机游戏，妻子看不过去说了一句，得到的回答是一句大声的“同学都在玩儿”，还好，老二在妈妈的监督下，正在完成自己的作业。这就是生活，我们别无选择，只能默默地接受，默默地前行。还好，黎明的曙光已经来到，至少我们还有期待，我们还能期望。

大人也需要接受教育

这些天，你有没有被放假在家的孩子整得焦头烂额?

从春节前孩子一放假，相信大部分爸爸妈妈就盼望着快点开学，这些小神兽们闷在家里各种花式折磨，搞得每一个有孩子的家庭都乌烟瘴气、鸡犬不宁，令每一位父母焦头烂额。父母们挖空心思和孩子们斗智斗勇。我不知道有没有胜利的家长，也不知道有没有胜利的孩子，估计大多数都是两败俱伤。

今天好了，小神兽们虽然还没有开学，但是从今天开始，孩子们终于有所收敛了。也知道早早起床了，也能按时刷牙洗脸了，并乖乖地坐到电脑或者电视跟前，认真仔细听老师讲课了。父母们终于可以松一口气了。这一次的在线教育，也给有些思想落后的家长上了一课，让那些鄙视网络教育的家长也开始接受最新的技术，新的方式方法。

科技在进步，时代在发展，就算我们不能够独领风骚，也不要固步自封，更不能把落后当成炫耀的资本，也不能把不懂不会当成不进步的理由和借口。不懂不可怕，不会也不可怕，怕的就是思想懒惰，不思进取，不学习、不接受新的思想和新的思路。好多年以前就有了与时俱进的思想，不落后于时代，才能不落后于他人。

现在的线上教学模式很好，足不出户就可以让孩子学习，但单纯指望孩子边看视频边学习，作用并不大，现在的孩子太刁钻古怪，在家里影响注意力的因素也太多，一包零食、一杯水、大人的一言一行，都可能分散孩子的注意力，没有几个孩子能认真仔细坐在那里精神集中地看半个多小时的视频。我们的老师，我们的教育机构也非常清楚这一点，所以呢，要求孩子们必须做笔记，而且要把笔记上传给老师检查，认真仔细的老师会把孩子们的笔记逐个点评。而且更有负责任的老师，会给孩子们在线布置作业，这样就很好，因为有了作业，有了老师的检查，孩子们就不能马马虎虎、敷衍了事。在这里真心感谢各位老师的付出，正是因为有了老师的关心爱护负责，才能让孩子不再虚度大好时光，才有了孩子的茁壮成长。

我现在就有这样的感觉，每天不写点文字，不做点有意义有意思的事情，就感觉是在虚度光阴。我把自己的一些思绪、一点感悟汇集到一起形成文字，并不是向他人炫耀，而是让自己的内心安静从容。我经常和朋友们说，要做一个热爱生活的人，安静从容地过好这一生。

孩子们都开始学习了，需要学习的不仅仅是孩子，作为成年人的我们更应该反思一下，作为成年人的我们也有学习的必要性，活到老学到老吧，因为时代在发展，社会在进步，你不学习你就会落后，这个道理大家都知道。不要把落后当成炫耀的资本，不要把贫困当成骄傲。人活得要有尊严才能自信。没有人不想让孩子好，没有人不想让自己过得更好，没有付出没有努力，想象只能是想象，要把理想落实到行动上，从量变到质变。只要你行动，总有质变的那一天。什么时候开始都不晚，只要你能从梦中醒来，就从现在开始吧。

家不仅仅是温馨的港湾

经常看一些文章，平时游子难得归家，一家人难得团聚，难得相守，家人能够在一起互相陪伴，就是最温馨的幸福和最难得的快乐。原来也许真的是这样，可是当家庭中的每一个成员整天相互厮守的时候，家并不仅仅是温馨的港湾，家庭也往往是旋涡的中心。

我的一个朋友只有一个儿子，高中毕业之后一直在外地上大学，后来又考上了研究生还是一直在外求学。家中的老人和我朋友的弟弟在一起生活。平常家中就是夫妻二人。二人世界也许很温馨、浪漫、祥和，但是长时间都是夫妻二人也就难免孤独寂寞。儿子毕业归家正在找工作，刚开始的一段日子真的是妻贤子孝家庭和睦。但是随着日子的长久慢慢地失去了和谐的氛围。

每个家庭不同，产生的问题也不一样，大人在发怒，孩子在苦恼，每个人都有每个人的烦恼。幸福的家庭都是相似的，烦恼的家庭各有各的烦恼。小到起床睡觉、洗脸刷牙，大到学业工作，每个家庭的父母都在和孩子斗智斗勇。平日里的平静安详，自从孩子进了家门，就成了乱七八糟。软的不行来硬的，吼不管事换拳脚。别管是哭还是笑，别管是吵还是闹，反正家里乌烟瘴气，鸡飞狗跳。家庭不再是温馨的港湾，而成了旋涡的中心。

别管是大孩子还是小孩子，都离不开手机、电脑，没有手机、电脑还有电视机，现在的手机、电脑、智能电视几乎都是每个家庭的标配了。这些东西对孩子的诱惑力之大，真的超出了想象。

从明天开始，孩子们都要在线学习，真的担心孩子们能不能抵御住诱惑，不知道拿着手机会不会认真听课，总不能孩子听课家长在旁边监督吧？中小学生还好说，最怕的就是家里还有大学生，这个家伙二十来岁，说不懂事可能比你懂得都多，说懂事又事事要家长操心，这些家伙更难管，早晨不起床，晚上不睡觉，不吃早餐，有时候不洗脸不刷牙也能在家待一整天。

每个人都待在家里面，每个家庭都在上演一幕幕家长和孩子的争斗，都知道孩子不管不行，但是真管还真的头疼，谁管谁头疼，纸上得来终觉浅，绝知此事要躬行，你要是不信你可以试试。

父母和孩子的矛盾，我不知道谁能来调和？似乎这就是一道没有答案的问题。

当家庭不再是温馨的港湾，我们每个人都要调整自己的心态，小孩子不懂事可以原谅，大人再心急心焦也不能浮躁急躁，浮躁急躁非但不能解决问题，反而容易火上浇油，让本来可以控制的事情变得更糟，事情越糟糕就会越闹心。

夫妻关系需要经营，母子关系、父子关系也需要润滑，最糟糕的处理方式就是硬碰硬，别管谁受伤都是自己家庭的损失。你面前的这个小魔王，你眼中的这个叛逆者，还是这个世界里和你最亲最近的人。

家和万事兴，礼之用和为贵，贵和持中。

也无风雨也无晴

元旦也是新年，我却总是不习惯过元旦，总是感觉元旦和我们关系很遥远。

春节才是我们的新年，这一概念已经深深融进我们的血液，根植我们的心田。

又一年了，尽管心还不甘，情也不愿，这一年终究又到了终点。一年的时光画了一个圈，虽然想努力把这个圈画圆，可是道路坎坎坷坷，前行曲曲折折，步履总是蹒跚。

我也想再回到从前，奈何时光一去不复返，我只能望月兴叹。我也曾志存高远，想踏遍万水千山，想去海底看看，想去太空转转。无奈理想很丰满，现实很骨感，我又转悠了一年，还没有走出自己的那一亩三分地。

又是新的一年，从前已经很遥远，我不再回想从前，不再让自己泪流满面。

又是新的一年，我想要拥抱明天，回忆无法改变昨天，向往无法改变容颜，我只有去渴望未来的星空灿烂。

静听花开，笑看花落，时光从容，岁月安详，今天明天，一切安然。

人生路上不要一直匆匆前行，路上也有曼妙的风景。一朵小花盛开在风中，一片白云飘荡在空中，那也是爱心在涌动。没有人能够随随便便成功，岁月不会一直安静从容。高尔基能看到海燕在风雨中从容的姿态，是因为海燕一直在波涛汹涌的大风大浪中磨炼，面对风雨才会保持内心的安宁。人生的每一刻都是直播没有剧本没有彩排。经历过暴风骤雨的洗礼，生活才会安宁祥和；见过大海的波翻浪涌，才能领悟生活的风平浪静；学会欣赏路上的风景，才能让匆忙的人生安宁从容。

每次看到雪的时候，有幅画面总会出现在心中：

“千山鸟飞绝，万径人踪灭。孤舟蓑笠翁，独钓寒江雪。”

没有人迹的地方，没有鸟鸣的声音，一位孤独的老人，孤独在风雪中。

是在钓鱼吗?

不是，钓的是雪，是寒江的雪。

“独钓寒江雪”似乎比“青箬笠，绿蓑衣，斜风细雨不须归”更显孤独。同苏轼的“竹杖芒鞋轻胜马，谁怕？一蓑烟雨任平生。回首向来萧瑟处，归去，也无风雨也无晴”所表达的情绪高度一致。

其实人生境界的最高处，不就是也无风雨也无晴吗?

家长也要与时俱进

今天早晨醒来，妻子给我读了一条笑话：各位家长朋友注意，今天将会有一大批小野兽出笼，每一个家庭从今天开始将不得安宁。一开始也许是妻贤子孝，到后来肯定是鸡飞狗跳，这些熊孩子在学校怎么气老师，在家里就会怎么气爸妈。在学校还有校规校纪，还有老师管理，同学监督，在家里可就是无法无天了。熊孩子出没，前方危险，一定要注意身体，千万不要被气得脑出血。

孩子考试完了，好容易放假了，也应该让老师休息休息了。孩子一天天在长大，再也不是那个千依百顺的小天使了，现在已经慢慢成为一个“小魔鬼”啦，面对“魔鬼”的狰狞，还是保护好自己吧。别去问孩子的成绩，正像孩子没有问你工资一样。也别对孩子家暴，其实每个人都是从小的时候过来的，该淘气的年龄，不淘气也不行，该发脾气的时候，一直沉默压抑也不好，对身体不好，对心情也不好。让孩子发泄出来，别憋闷在心里。万一孩子精神身体出点问题，最后心疼的还是家长，麻烦的还是大人。

孩子好不好，自己的孩子自己都知道，知子莫若父，孩子现在怎么样？也会想下自己小时候，自己小时候最怕什么，最讨厌什么，现在的孩子虽然有电脑、电视和手机网络，其实都是大同小异，孩子都想玩，只不过从你那时候的躲猫猫换成了现在的“王者”或“吃鸡”。多点理解，多点同情心。我就很羡慕现在的孩子们，有那么多五花八门的玩意儿，我们那时候多么的清贫，有些东西想都想不出来。不是我的思想贫瘠，实在是贫穷限制了我的想象力。

时代在发展，社会在进步，自己需要跟上时代的脚步，也不能让孩子太落后，落后的孩子容易孤单，容易被嘲笑，这都是自己小时候过来的经验。没有人不想孩子好，可是什么是好，真的没有定义。三百六十行，行行出状元，“万般皆下品，惟有读书高”也只是在过去，现在不读书的人肯定不行，但是死读书、读死书的人也不可取。

取悦自己充实他人

花看半开，酒饮微醉，这就是人生最佳的境界。

不要把弓张得太满，因为弓弦容易断。不要把自己逼得太狠，因为身体才是革命的本钱。糟蹋了时光不一定就是真的辜负，只要有快乐，时光都没有白白的浪费。生命属于我们只有一次，身体才是自己的，等到身体出了问题，悔之晚矣。

对他人好点，彰显你的爱心；对自己好点，才是真的爱。要学会按自己的思路思考问题，换一个角度看问题，就会看到别样的美丽。

与其讨好别人，不如取悦自己。讨好别人的时候，自己一定很卑微；取悦自己的时候，自己一定很开心。一味的委曲求全，得到的不一定就是圆满，你对别人的好，他人可能当成草。求来的爱不是爱，可能是一种更深的伤害。

轻易到手的东西，往往不知道珍惜。月亮在高空悬挂，却成了千年的期盼。用眼睛看到时是风景，用心感悟到的才是风光。光与影的变换中，人心也在变化，心中越是牵挂，越不一定能得到它。缘来的时候并不一定打报告，缘分到了尽头，也没有必要再挽留。

春天来了，春暖花开；冬天来了，滴水成冰，这都是大自然最真情的流露，一点也不作假。有时候看到那些虚伪的笑容，有时候听到那些言不由衷的话语，心中不由感慨，这是多么的虚假！交朋友要交真心的朋友，只有真心的朋友，在困难的时候才会真心地帮你。

你若芬芳，蜂蝶自来。充实自己不为别的，只为在朋友需要帮助时，自己有能力和实力施以援手。

沿着心中的光亮走下去

今天周日，阳光依然和煦，这个冬天有着太多的晴天，冬天有阳光、有清洁干净的空气，这是一种幸福。

人生之中十有八九的事情不尽如人意，不能说每一件事情都有缺陷，但是完美的事情太少，几乎可以忽略不计。有缺陷的是事，不能有缺陷的是心。心完美了，我想事情的缺陷也不会大到哪里去。每一朵葵花都会向阳开，每一个心灵都有着真善美。不压抑自己，更不要折磨自己的心。每个人的心中都有杆秤，知道几斤几两才是最重要的。

心中一定要有一个坚定的信念，那就是可以有一段糟糕的经历，但是不能有一个糟糕的人生。“人生在世不称意，明朝散发弄扁舟。”也不是一定要人生消极，从消极之中走出去，窗外又是一片明朗的天。从海边到天边，想明白了海角不是天涯，想清楚了海边就是天边，转来转去转一圈，生命还在延续，生活还得继续，只要太阳照样从东边升起，就要在这个世界留下自己的足迹。

这两天身体不很好，不是这里不舒服，就是那里不如意。昨天晚上忙完后，有点无所事事，本来想看一会儿书，可是眼睛又不舒服，现在眼花了，看书时间稍微长点，眼睛就特别的吃力。

看书不能看，别的不想干，干脆早早躺下休息一会儿吧，但想入睡真的很难。

这个世界不是只有你不容易，每个人的道路都有坎坷也有崎岖，不能因为道路的颠簸就拒绝走下去。走下去，才会踏平坎坷成大道，走下去，高山才会在脚下，自己才能在山顶意气风发。到了山顶看山下，世事如棋局，渺小的再也不是你。

过去的悲伤和哭泣，要在以后的日子里笑着说出来不容易，很多的苦闷和压抑，可能会永存心底，其实想开了，看淡了，也可以高声大气说一句：人生豪迈，大不了从头再来。

逆境中需要的不是悲泣，如果你是男子汉，那就要学会坚强和乐观。如果你现在人到中年，那更要挺起腰杆，为家庭、为亲人、为孩子撑起一片天。

2020 年剩下没有几天，过去了的艰难困苦，很快就会成为记忆，只是偶尔出现在脑海里。窗外也许有冷风吹过，我在室内感觉不到冬季的寒冷，但是我的心中知道，马上就要到数九寒冬了。

就在我写这篇文章的时候，妻子先倒了一杯蜜水放在我的案头，又剥好两个小橘子送到我的手里，有人关心的感觉真的很好。

虽然能活着已经不错，但是我不想苟活在这个世界上，我希望我的每一天都能够精彩灿烂。每个人的心中，都有一盏指路的明灯，跟着心中的光亮走，就能走进美好的明天。

写给2020年的冬至

今天冬至，我想写点关于冬至的文字。以前的冬至，写的都是轻松优美的文字，今年的冬至，我想让文字深刻一点，不再只写一些风花雪月。

冬至应该是冬天的生日，这一天的白昼最短，黑夜最长。熬过漫长的黑夜，我们终于可以迎来光明的时刻。过了今日，白天一天比一天长，黑夜一天比一天短。为什么会这样呢？其实在中学的时候就已经学过，这一天的太阳到了南回归线，距离北方最是遥远。从今天开始，太阳将会慢慢地归来。

冬至这一天，我们开始了数九寒天的日子，小时候的九九歌谣背得很熟：一九二九不出手，三九四九冰上走，五九六九沿河看柳，七九河开八九雁来，九九加一九，耕牛遍地走。似乎冬天从今天开始，天气变成真正的严寒。

冬季到底应该从哪一天开始算起？是从立冬开始？还是从冬至开始？一直到现在，我都傻傻分不清。

冬至吃饺子了吗？是大家最常问的话语，妻子已经调好肉馅，羊肉馅的饺子，从好几天前就已经决定，刚才妻子问我是出去买饺子皮还是和面擀皮，羊肉馅的水饺个头不能太大，妻子嫌外面卖的水饺皮太大，想自己和面擀皮，我没有意见，只要不是太忙，擀皮的任务一般都是我来承担。看样子我今天又要做好干活的思想准备了。

小时候冬至也吃饺子，可是羊肉馅的饺子想都不敢想，一般都是素馅的饺子，菜里面能加上点猪肉，已经是求之不得了。其实素馅的饺子也不错，关键是素在心不在物。

冬至为什么吃饺子，小时候母亲告诉我们，冬至吃了饺子，就不会冻耳朵了。可是年年冬至吃饺子，年年冻手冻脚冻耳朵。小时候的冬季，除了上学就是在外面疯玩，根本没有感觉到天气有多么寒冷。可是也不知道从什么时候开始，手冻了，更不知道从什么时候开始，脚也冻了，偶尔摸摸耳朵，耳朵也冻了。挨冻的时候不疼也不痒，甚至都没有感觉，等到睡觉的时候，才知道冻疮的可怕，又疼又痒也就罢了，还不敢去挠去抓，这种情形真的太可怕了。

冬至十天阳历年，这一年便快要结束了，2020 年的余额还剩下十天，十天的时间不算短，也不能说长。在这最后的十天里，应该干点啥事，说点啥话呢？我想沉默就是最深情的告白，无言就是最好的表达。

冻笔新诗懒写，寒炉美酒时温。
醉看墨花月白，恍疑雪满前村。

这是李白的诗句，李白斗酒诗百篇，不枉称诗仙。“寒炉美酒时温”，多么美的意境，别管有酒无酒，文字已经足够。

冬至大如年，其实冬至也好，春节也罢，都只是漫长岁月里的一天，岁月匆匆而过，时光不会为谁停留。现在生活好了，虽然不能说锦衣玉食，但是食不果腹、衣不蔽体的时代已经远去。

我们需要常常反思，这份美好来之不易，更应该珍惜。

常将有日思无日，莫待无时思有时。这也是人生最朴素的哲理。不虚度光阴，不荒废岁月。冬至了，饺子要吃，日子照过。未来还很遥远，过去的已经逝去，唯有当下，最值得珍惜。

清理下心灵的垃圾

正在想和朋友们聊点什么，电脑屏幕上弹出一个页面，软件提示我，我的电脑又有 1.9G 的垃圾需要清理，于是随手点开清理页面，清理一些电脑不需要的东西。大家也会有这样的感觉，别管是手机还是电脑，用得时间长了，运行速度会变得越来越慢，用清理软件清理一下，就会变得好一点。

电脑需要清理垃圾，这个有软件提醒不用我们操心，家里需要打扫，也无需我来管理，妻子都养成了打扫卫生的习惯，每天都会把家里打扫一遍，打扫完的家里，不再脏乱差，的确令人赏心悦目，家里洁净了，心情也好，干点什么也是神清气爽。

手机电脑需要清理，家里每天都需要打扫，我想我们的大脑，我们的心灵，也需要经常清理下才好。有些垃圾是能看到的，有些确实看不到，看不到不代表不存在，隐藏的伤害也许更厉害。你是不是也和我一样，隔上一段时间，总是心浮气躁，焦虑的心情令人心神不安，吃饭无味，睡觉也是辗转难眠。遇到这种时候，也需要打扫下我们的大脑，清理下我们的心灵。

电脑手机的垃圾，有软件帮我们清理，家庭卫生，由妻子来打扫，可是心里的垃圾，指望不上别人，也指望不上软件，只能靠自己。如何清理？这是个问题！

我想清理心灵上的垃圾，其实也不难。大家看看下面我用的这些方法，能不能帮助你。

第一，阅读可以帮我们清静心灵。这是一个全民阅读的时代，越是心浮气躁焦虑的时候，越需要知识来滋养自己。

第二，音乐可以净化我们的心灵。音乐的治愈性非常的强大，一首舒缓的乐曲，能让浮躁的心安静下来；一段古老的歌曲，能够将你的思绪带回到从前安宁祥和的时光里。记得有一年在济南的出租车上，出租车堵在高架路上，心中非常急躁想着快点回家，突然车里的收音机传来一首歌曲，是那么安静舒缓，又是那么熟悉，当时想不起来歌曲的名字，全副身心沉浸在音乐里，忘了回家的路，忘了疲惫和焦急。那是一首老歌，后来想起来了，是罗大佑的《恋曲 1990》。当时歌曲还没有完，就到了家，恨不得不下车再听一会儿。

第三，别去和他人攀比。有时候焦虑不是来自我们自己，而是来自和他人的攀比。人和人之间没有可比性，你不知道他人的艰辛，只看到外表的光鲜没有用。做好自己就行，他人的幸福只是在你的眼里，你的幸福才是在你的心里。没有攀比，也就少了许多伤害。你要知道，他人的世界是他人的，只有自己的世界才是自己的，他人的喜怒哀乐和你没有多大关系，关注多了也没有多大意义。

第四，运动也许会让你快乐起来。很多时候心情不好，不是心情的原因，而是身体不好造成的。就算原来铁一样的汉子，得了病也是身不由己。多运动，多散步，多走路，身体好了，心情自然就好了。没事的时候不要只是待在家里看手机玩游戏，大自然的景色和空气，最能驱散你心头的郁闷。

第五，远离手机和电脑，清空自己的大脑。每个人都有情绪焦虑的时候，很多的事情真的身不由己。真的焦虑了，不要和自己过不去，纠结没用，只会陷入恶性循环。手机和电脑虽然有时候能解闷，但是带给你更多的是负面的情绪。远离手机和电脑、远离社交软件，给自己一点独处的时间，给身体一点独处的空间。心灵的垃圾总是悄悄地来，也悄悄地去。此消彼长，心静了，也就不再浮躁和急躁了。

第六，不畏将来，不念过往，当下心安。很多不愉快，总是发生在昨天，影响你的今天。过去的就让它过去，没有什么大不了的，再纠结也已经没有什么意义。和自己和解，学会愉悦自己。明天的太阳晒不干今天的衣裳，明天还没有来到，现在就焦急没有意义，车到山前必有路，事大事小到时候就了。今朝有酒今朝醉，莫管他人瓦上霜。一头虱子挠不清，哪有闲心补笊篱。只有今天，只有现在，只有当下，才是我们能把握的。

写完上面这些文字，我的内心平静如水，没有一点波澜。我写文字清理自己心上的垃圾，你阅读我的文字，也应该让郁闷和压抑随风而去。

窗外云淡风轻，阳光灿烂，冬季里能有这样的天，哪里还有什么牢骚和抱怨。岁月安详，时光静美。春有百花秋有月，夏有凉风冬有雪。莫将闲事挂心头，便是人间好时节。这个世界上没有过不去的坎，只有想不开的人。

友谊的纪念

小时候寓居小小的乡村，以为世界就是乡村那么大，不知道世界之大。早晨在鸡鸣狗吠中醒来，起来面向太阳，不知道太阳是从哪里升起来的，一直想弄明白，日落黄昏夕阳西下，眺望西方神往着太阳落到哪里去了。后来上了学，才知道日出东海落西山，可是我的家乡是鲁西平原，这里既没有海也没有山，难道世界很大很大，不仅仅是我眼前看到的样子？天南海北在何方？海角天涯在哪里？什么时候我也能长大？我的朋友也能遍天下？

现在已经人到中年，热爱读书，热爱生活，热爱结交朋友，而且已经真正做到了我的朋友遍天下。无论是南国的椰风，还是塞外的飞雪，别管是神秘东方的波翻浪涌，还是浩瀚西边的草地雪山，茫茫戈壁，大漠孤烟，到处都有我的朋友，每天都能收到全国各地朋友的问候。每天都有朋友惦念，所以我感到非常的幸福，每天都在快乐中前行。

有很多友谊，不一定非在身边，网络的发达已经消弭了时间和空间。有一位朋友，我不知道是男是女，也不知道年龄的大小，每天早上都会问候我一声早上好，看到这句轻轻的问候，我的心中充满感动。因为留言给我的朋友太多，我不一定能够全部回复，但是这份情谊在心间，这份感动始终在心中涌动。纳兰性德说得好："人生若只如初见，何事秋风悲画扇。等闲变却故人心，却道故人心易变。"要让我说，朋友何必要见面，一份感动在心间。春花秋月，万水千山，相知满天下，情意无限。

感动于这位朋友的天天问候，我决定送这位朋友两本我写的书，给这份友谊留点纪念。昨天下午去邮局给这位朋友邮寄我的书，没想到竟然用了一下午的时间。

到了邮局才知道，邮局人很多，柜台前站满了人，大部分都不是邮寄物品，而是找邮局代开发票。

其中有一个人的一张发票开错了，需要修改，很长时间弄不明白，这一个人的业务，耽误后面所有的业务都无法进行。

我等的时间长了有点不耐烦，于是和工作人员说："老师，我这个业务简单，要是不行你先给我办吧。"没有得到工作人员的同意，没办法只好再等，妻子带着一只小狗在外面等着，时间长了弄得我也心烦。邮政和邮政银行在一块儿办公，一会儿银行需要往自动存款机放钱，需要我们躲避，一会儿武装押运车来了，业务只能暂停，一直等到下午五点多，才把书寄出去。

其实想一想，每个人都不容易，着急上火有时候真的解决不了问题。虽然耽误了我一下午的时间，但是想一想情义无价，为了友谊、为了情意，这点付出也不算什么。

青山不老，绿水长流，愿人和人之间的友谊如青松翠柏万古长青。友谊不仅仅是一种说不清的情愫，友谊更是把人和人的心紧紧地连在了一起。

坚持的动力

妻子出去买东西，小儿子去美术班上课，家里只剩下了我一个人，静静地消磨这周末的缓慢时光。今天的阳光还在，只是不太绚烂，太阳好像生了病的样子，也像我现在的心情一样有点慵懒和沉闷。

时光安静下来，心却很难平静，思绪总在飞扬，这样也好，安宁祥和的时光中，让思绪自由徜徉，可以上天，可以入地，可以去远方，也可以在身旁。我很喜欢这种朴素的时间，简洁的时光，我也很享受这样淡淡的忧伤，要是有杯咖啡就更好了，让咖啡的馨香在周身弥漫开，氤氲在空气中，充满书房的每一个角落，让淡淡的空气也能充满芬芳。

今天是研究生考试的第一天，现在的研究生考试，应该相当于我们那时候的高考了吧，现在大学太多了，大学生也太多了，甚至现在的研究生都比我们那时的大学生多。虽然现在不再提倡学而优则仕，但是求学依然是每个贫寒年轻人改变自己的最好道路。

今天看到一个人说的一句话，这个人的名字我忘记了，他是对他妻子说的，他说：你把女儿的这些玩具都保留好，女儿长大了自然会感激你。是呀，每一个人都有每一个人的成长足迹，每一个人都会怀念自己的过去，我们每个人的身体都在成长或者老去，但是心灵却在不断地成熟，五千年的中华文明就是我们的底气，一代又一代的劳动人民的智慧就是我们的根基。

我出生在山东，山东属于齐鲁大地，孔孟之乡，礼仪之邦，我自然而然地认为自己是一个儒者，我了解孔子，我熟悉孟子，我知书达理。可是我也在不断地反思自己，反思自己的人生，反思自己的言行。我也在反思古人，为什么孔子能成为圣人，孔子的每一句话都值得大家学习，他是生下来就是这样的天才？还是通过后天的学习？孔子尊崇周礼，周公吐哺天下归心，孔子也是在继承和发展。我们也要学会继承，学会借鉴，才能更加丰富自己的人生厚度和高度。博大深厚的文化底蕴就是我们最好的底气！根植于文化的沃土，根和苗自然就会茁壮地生长发育。

昨天有位朋友给我留言，我看了心里很受用，他说：老先生的文采还是值得肯定的，读读你的文章，分享一下你对生活的感悟也是不错的享受。

朋友们的支持和鼓励，就是我能坚持下去的动力，这个世界上的每个人，都喜欢听到鼓励和表扬的话语。在鲜花和掌声中，我也要冷静下来，要知道自己几斤几两，要明白道路还很漫长。借用屈原的这句来勉励我和你：路漫漫其修远兮，吾将上下而求索。

漫煮时光细品诗文

漫煮时光细品诗文，人生才会轻松惬意、从容安然。

不过岁月让你受过的伤，到最后都会成为命运颁发给你的勋章，而且这枚勋章还在闪闪发光。如果单看现在，对自己狠一点是在折磨自己，但是十年以后的你，会感激现在拼命努力的你。决定你十年以后生活的，不是十年以后的你，而是现在的你。

真金不怕火炼，是金子总会发光的，但是你有没有仔细想过，很多的金子在泥土中经历了万年的孤寂。破茧成蝶，需要不仅仅是勇气；凤凰涅槃，都需要经历血与火的洗礼。金子埋进土里，万年以后还是金子，有些东西在土里时间长了，那就真的成为粪土。都想轻松，都行安逸，可是轻松和安逸也是有代价的，一定不要在该奋斗的年纪选择安逸，这样不是向着你，反而是害了你。

“吾家洗砚池边树，朵朵花开淡墨痕。不要人夸好颜色，只留清气满乾坤。”王冕的这首诗大家都知道，王冕学画的故事大家也都知道，没有付出和努力，哪里来的清气？

漫煮时光细品诗文，一杯清茶，一本闲书，都想要这样的生活，可是要想安闲地度日，你还需要解决生存的问题，有房贷有车贷，有老人有孩子，一家老少等着吃喝，你哪有闲心喝茶品诗文。生存用脑，生活用心。只有解决了温饱，才会歌舞升平，唯有经过打拼，时光才能安详。

记得年轻的时候，很喜欢一首歌曲，好像是潘安邦唱的《像这般走过》，歌词还能记得几句："像这般地走过，我的影子在辽阔的太平洋上漂泊……像这般地走过，又是好几个年头。"走着走着，很多感情就淡了，走着走着，很多人就散了，走着走着，才明白这个世界已经变了。

为什么越长大越喜欢沉默，不是不想说了，而是知道说了也没有用了。语言是那么的苍白，文字是那么的无力，没有人能够切身体会你的不容易。与其向别人倾诉自己的孤单，还不如做一个倾听者。沉默就是我们对现实的一种妥协，沉默也就成了我们的一种生活方式。

有些东西不是放不下，而是因为太在乎了，时光不会因为你的珍惜停滞不前，相貌不会因为你的在乎青春永驻，接受也许就是最好的选择，放下也许就是无奈的结果。放下能放下的，改变能改变的，如果不能改变环境，我们就改变自己的心情。狂风暴雨还是风和日丽不是我们所能决定，那就顺其自然好了，有雨的日子听雨，有风的时候看风，无风无雨的日子里，静听花开，闲看花落。

有字的诗书、无字的情谊

2020 年的 12 月 29 日，我必须记下来这个日子，这一天是聊城最冷的一天，说好的雪虽然没有来到，但是天气特别的寒冷，北风在鲁西大地上肆虐，摧枯拉朽，还在恋着旧枝的枯叶，也被强迫驱赶着离开了枝头，鸟巢在寒风中颤抖。也许是聊城人民太热情了，把这一场雪给吓跑了。山东绝大部分地方都在雪花飘飘。唯独聊城没有见到雪花的身影，只是孤独地承受着冬季的寒冷。

窗外天寒地冻，滴水成冰，室内却是温暖如春。

到了年终岁尾，大家都特别忙，但是我依然过着悠闲缓慢的写作日子。上午我正在家里的电脑前写文章，整个身心正沉浸在文章的情绪中，快到中午的时候，手机微信一阵急促的铃音传来，把我的情绪拉回了现实。我拿起手机一看，原来是聊城读书会的江敏女士。我点开接听键，一个清脆动听的女中音传了过来。

“扈老师你好，今天中午有时间吗？咱们聊城读书会筹备组的朋友们今天中午在一块坐一坐，你能来吗？”

聊城读书会每年都会召开跨年晚会，和同频的朋友们在一起过新年，一起知识跨年，一起做时间的朋友，听罗振宇的跨年演讲。要是别的事情我可以没有时间，这件事情我没有时间也要抽出时间，所以我爽快地答应了。

“有时间的话你就来吧，我一会儿把地址在微信上发给你，咱们在聊城建委一楼的知味堂。”江敏女士热情的声音，令人很是感动。

“你看我还用带两本书吗？有多少新朋友，还需不需要拿两瓶酒？”空手而去，我有点不好意思。

“今天什么也不用带，就带着你一颗热忱的心就可以了。”

聊城建委在火车站那边，属于聊城的西面。我的家在聊城开发区的东面，距离还是比较遥远的，怎么去呢？我有点犯愁。要是开车去就不能喝酒，而且开车横穿整个聊城，路上堵车、红灯也比较麻烦。为了聊城的碧水蓝天，生态环境，现在聊城的公交车不用花钱，政府惠民免费坐，为了响应政府的号召，虽然需要倒车有点麻烦，我还是决定坐公交车去。

出门才知道聊城今天的冷，冷得真有点儿惊天动地，不仅冷，还有狂暴的风，风把落叶卷到半空，整个天空好像真的有天女在散花一样。我好多年没有见到这样的情形了，真想拿出手机拍摄一段视频发到网上去。可是，天气太冷了，不愿意把揣在兜里的手露出来，也就错过了这大好的风景。等了好久把我冻得不轻，好不容易等来了一辆公交车。我上车之后才发觉现在的公交车里也不暖和，因为都是新能源公交车，用电不烧油，所以公交车没有暖气。公交车走走停停，上车、下车的人比较多，再加上倒车，用的时间比较长。到得有些晚了。

著名企业家曹德旺说过这样一段话：人生要读两本书，一本是有字的书，另一本是无字的书，有字的书记载着古今中外的故事、案例，你可以借鉴，但千万不要照搬。无字的书就是阅历、能力和见识，我们每天经历的每件事都是一本书，要懂得将其中的学问和过去结合，从中汲取精华，这才叫智慧。

整天坐在书斋里也不行，艺术来源于生活，经历就是资本，经历的沉淀就是艺术的财富。

在欢声笑语中我们结束了这次聚会，2020 年特别的艰难，能有机会这样聚一聚，能有机会这样笑一笑，让心情能够放松，让情怀得到舒展，也是人生中比较惬意的享受。

天下没有不散的宴席，酒场总有结束的时候，结束之后满仓国老师非要开车送我回家。盛情难却，我只好上了满老师的车。满老师是我们聊城的培训大师，经常在各种场合开展多种培训工作。我也已经是仰慕许久。路上我们俩聊得很愉快，也很轻松。到家之后我又送了满老师两本书，并恭敬地签上了我的名字。

经历多了，朋友也就多了，多交一些志同道合的朋友，朋友就是资源，资源就是财富。人生需要多经历，人生真的要读两本书，要读有字的书品味百态，更要读无字的书享受人生。

多关注自己

不管你情不情愿，不管你甘不甘心，2020年就这样翻了篇了，而且越走越远，2020年我们关注了太多这个世界、这个国家，关注了太多别人，关注了太多的社会，关注了太多的经济。唯独忘了我们自己，忘了我们的家人。2021年把重心换一换，社会照样要看，家国情怀照样要有，更重要的是多关注自己，让自己的内心不再孤单。

这个社会是一个网络社会，我们每一个人都是这个网络上的一个节点，亚马逊热带雨林中的蝴蝶轻轻扇了一下翅膀，就可能给美国的一个州带来一场飓风。当雪崩来临的时候，没有一片雪花是无辜的。关注自己也是关注社会，也是关注国家，也是关注世界，只不过把关注的角度换了换。

2020年的最后一个晚上，我来到了聊城云数据湖，和聊城读书会的朋友们一起过了一个愉快的夜晚，和同频的人一起知识跨年，听罗胖的演讲，做时间的朋友。和聊城的一些大咖沟通交流，结识了一些新朋友，也见到了一些老朋友。

我喜欢读书，喜欢写作，喜欢结交朋友。

书可以陶冶自己的情操，开阔自己的心胸，熏陶自己的气质，腹有诗书气自华，2021年，让我们一起读书吧。你可以有千百种方式消磨你的时光，只有读书的时光才没有被虚度。

写作能让我把心静下来，不再浮躁，不再急躁，也不再焦虑。写作的过程就是与心灵的对话，听从思想最深处传来的声音。每个人的思想宝库都是大海，里面有各种各样你想要的，怕就怕你不去打捞。书写的过程也就是在思考的过程，没有思考就没有沉淀，人就会浅薄轻浮。

朋友的重要性就不用我说了，多个朋友多条道，朋友多了路好走。朋友就是资源，资源就是财富。人生得一知己，胜却黄金无数。我希望我的朋友遍天下，我更希望有人知我懂我，开心的时候陪我笑，忧伤的时候安慰我。

2021 年多关注自己，多关注家人，多关注身边的人。只有这些人才能带给你忧愁欢乐，悲伤喜悦，也只有这些人才能真正的帮助你，解脱你，安慰你，鼓励你。这些人就是你人生旅途上的伴侣。

昨天晚上，罗胖的跨年演讲结束的时候已经到了晚上零点三十分，我们组委会的朋友们收拾完会场，打扫完卫生再驱车回家，到家已经是晚上 1 点多了。到家之后，大家互相在群里报了平安，有朋友关怀的夜晚很是温馨。不能说是一夜无眠，但是昨天休息得不好。今天早晨起来头有点发昏。也许是年龄大了的原因，也许是身体状况不是特别好的缘故，好久没有熬夜熬到这种时候了。想睡反而睡不着，想让妻子陪我聊会儿天，可是太晚了，她催我快睡觉。

结果就在我正想要睡的时候，看到我的大儿子在朋友圈里面刚刚发了这样一段话：新的一年不再偷懒，不再睡大觉，不再沉迷游戏，自律努力好好学习，大学四年至少要把一件事情做好！！！！后面竟然加了四个感叹号。为文字配了这样两幅图：

第一幅图是攥着拳头的手面上画的一个小乌龟和一个小猪，第二幅图是双手捧着一个倔强的小黑猪，红鼻子特别醒目。看到儿子发的这个朋友圈，我的第一反应是这个臭小子到现在还没睡。我马上给他回复了一条：这么晚了还不睡觉？结果这个臭小子给我回复了一句：你不也没睡。我看他的文字还是比较励志，于是鼓励他道：说到做到就行。就在我准备休息的时候，微信消息传了过来。原来是儿子问我为什么还没有睡。我跟他说看罗胖跨年晚会刚回来。他说他们宿舍的同学今晚都没有睡觉，刚考完试一起跨年了。反过来又说我这么大年纪了还像小孩一样熬夜，催我快休息。隔着屏幕我都能感觉出儿子浓浓的关心。

2021 年的第一天，早晨醒得比较早，起得比较晚，我和妻子有一搭没一搭地在床上聊天，我给她讲昨天跨年晚会的情况。突然听到隔壁房门响，妻子说小儿子起床了。孩子还是比较乖，虽然六点就起来了，但没有到我的屋里来打扰我。一直等他妈妈出去之后才跑到我屋里来找手机。我说不要想着起来就玩手机，干点正事去。他说起来时间很长了，也许是生物钟的原因吧。这个臭小子还会分析找理由？我语重心长地和儿子说："今天是 2021 年的第一天，一定不要让爸爸妈妈生气，咱们一起开开心心、快快乐乐地过一个新年。"其实我的意思就是不要让他一直玩手机，知道自己该干吗。他口头上答应得很好，但是真的不让孩子玩手机，好不容易放一天假，我又于心不忍。于是我和妻子说："不要一直管他，也不要牢骚他，放假了，玩一会儿就玩一会儿吧。"

2021 年首先从自己开始，自己高兴了，每一个家里人情绪也不会太坏，大家都高兴了，家庭也就和睦了。家和万事兴！修身治国平天下，一屋不扫，何以扫天下？自己没有阳光，没有正能量，带给他人的肯定是忧伤。2020 年太多地关注了世界，关注了国家，关注了社会。2021 年先从自己开始吧，多关注自己。要想和这个世界和解，先要和自己和解。要想取悦这个世界，先要取悦自己。自己好了，这个世界也就不会太差。

良师益友朱东水

昨天是2021年的第一天，天气很好，阳光普照大地，天空一片蔚蓝。昨天的心情也很好，时光闲暇，岁月安详，比较优哉游哉。越是时光安详，越是不想让时光虚度，于是昨天把最近三天写的三篇文章集中到了一块儿，发在了我的微信公众号“九点阅读吧”上面。我想让自己的文章有价值，文章写了盼望着有读者，文章发了希望有人能看。文章发了之后，我把发表好的文章转发到了朋友圈和一些微信群里面。为了吸引大家观看，我动了一点儿小心思，加了这样一句话：朋友们帮我看一看这三篇文章哪一篇比较好一点？

现在真正静下心来读书的人少了，能够静下心来专心写文章的人更少，以为文章不会有多少人看，结果看到文章点击率还可以，心中不免沾沾自喜，认为自己的文章还是非常有价值的，也有很多朋友在点赞，还有很多朋友在夸奖。更是让我这一天都非常愉悦和开心。

2020年最后的一个晚上，我去参加读书会的跨年晚会，听罗胖的跨年演讲，到了晚上两点多才睡。好久没有这样熬夜了，精神很是疲惫。所以昨天晚上想早睡一会儿，晚上十点就躺在了床上。

就在我迷迷糊糊将要睡着的时候，手机里面传出了微信消息的铃声。我迷迷糊糊地拿出手机，点开一看，原来是山东省作家协会会员朱冬水老师把我写的文章转发给我。转发完以后好久没有动静，我还奇怪朱东水老师为什么把文章又转发给我呢？就在我困惑的时候，又一条消息传来：

“文章太平淡，‘读万卷书，不如行万里路，行万里路不如阅人无数’！‘世事洞明皆学问，人情练达即文章’，还得多接触生活，生活是创作的唯一源泉。你来我往的交流体会不到真正的生活，要从工作、从基层、从平凡的百姓中品味人生，你的文章就会有滋有味。那些在困顿中的呐喊，在绝望中的悔悟，在奋斗中的快乐……要知道，要……”

我敬爱的朱老师竟然在微信上打出这么多字，我说怎么那么长时间没有消息呢？看着朱老师的批评，我睡意全无，有点汗涔涔而泪潸潸了。是呀，文似看山不喜平！胸中有丘壑，文章有波澜，才是大家喜欢看的文章。生活是创作的唯一源泉，要从平凡的百姓生活中品味人生，文章才会有滋有味。老师这么坦诚，这么真心地批评我，让我深受感动。就在我细细品味朱老师的语言，还没有来得及回复的时候，朱老师的第二条信息又到了：

“喝多了，说实话，陈毅说：难得是诤友，当面敢批评。中午我读过好几遍了……”

朱老师说得太对了，人生难得是知己，难得的是知己中的诤友。我慢慢地体会，慢慢地领悟朱老师的话语，又担心朱老师看我不回信息再多心，所以快速回了一条信息给朱老师：谢谢朱老师指导，我慢慢领悟、学习，真诚真心地说一句谢谢了！

朱老师立即回复我说：看到你年轻，我愿意你写得更好，贴近生活……

朱老师竟然把我的文章读了好几遍，而且那么真诚地指导我、关心我，我真的很感动。

文坛中有很多佳话，这算不算其中的一个？生活中有太多需要记忆的东西，更有着太多需要铭记的环节和情节。

朱东水老师是我们聊城高唐人，高唐是我国著名的书画之乡，著名画家李苦禅就是聊城高唐人。我们俩一齐加入的山东省作家协会，当时和朱老师联系就感觉到了朱老师的热情，他多次邀请我去高唐一聚。可惜因为时间的关系一直没有成行。

朱老师是山东散文大家，也擅长写诗，而且还是书画大家。出版有散文集《乡村琐忆》和《朱东水诗草》。

等有了时间和机会，一定要去高唐专门拜访朱老师，更要读一读朱老师的文章和诗歌，最最重要的是学习朱老师这份情怀和担当。

有友如此，我心足矣。

让思想跟上时代

每个人的心中都向往生活的从容平淡，可是岁月流淌中总是会有波澜出现，正是浪花的飞溅，才有了美丽的出现。人贵则语迟，水深则流缓。人生需要有深度，眼界需要有高度。好好学习，既要让思想深远，也要让语言清浅。想要告诉他人什么事情，最基本的原则是让人能够听明白，生活不是文学，不需要那么多的隐喻，简单明了就好，晦涩难懂的语言尽量少说，现在的生活节奏那么快，大家需要的是轻快，没有多少人会去动脑思考语言后面的意思。

可是有很多话，真的难说出口，有很多事，又不是三言两语能够说清楚的，就像有些人要向我学习，可是生活不是公式和定理，背下来之后就可以往里面代替，生活很复杂很多变，甚至是瞬息万变，可以以不变应万变，更需要随着形势的变换而改变，我曾经无数次说过，要想不被这个世界所改变，就需要跟得上世界的变化，否则时代发展那么快，你不被淘汰谁被淘汰？

为了不做一个落后的人，改变自己的语言，改变自己的行动，更需要改变自己的思想。唯有改变，才能无愧于这个时代。跟上时代的节奏，跟上科技的脚步，贫穷落后已经成为了过去，就不要被过去所禁锢。不要把无知当成光荣的事情，更不要把贫困落后作为炫耀的资本。

很多事情看着是个人的事，其实又不是个人的事，因为每个人都是这个社会网络中的一个节点，往往牵一发而动全身。每一家有每一家的特殊情况，每个人有每个人的时间安排，很多事情想齐全，很多事情又很难面面俱到，两全其美。这就是人情，这就是社会，既要照顾到，又很难做到周全。

新的一年来，多学习新的知识，多掌握新的技能，思想需要沉淀，思想更需要发展，一定不要让思维拘泥固化，跟上社会的发展，跟上时代的改变。

成全他人愉悦自己

早晨醒来还没有起床，妻子就对我说：“今天下午咱们去古楼玩吧，拍两张图片、录两段小视频，元旦古楼有很多活动，应该人特别多。”

这也非常符合我的想法，好久没有出去走一走转一转了，最近一段时间天气寒冷，室外虽然没有冰天雪地，但也是滴水成冰。我最怕冻耳朵，因为小时候耳朵常年被冻，耳朵冻了之后的那个感觉真的太不好了。所以最近这些天都懒得出门了。可是，懒在家里对身体不好，身体要想健康就需要锻炼，最起码需要多活动活动。

周六上午比较忙，忙着写了两篇文章，中午又去了老岳父家吃饭，妻子的几个姊妹都到了，毕竟是过年了，虽然元旦不如春节那么热闹，但也需要去看望看望老人，陪老人一起吃顿饭，正好一家人也聚一聚。

既然聚到一块儿，中午肯定要喝二两小酒，我酒量不行也没敢多喝。午饭结束后已经到了下午两点多钟。正好天公作美，今天的室外还比较温暖，适合出去走一走看一看，可是怎么才能去古楼那边呢？老岳父家在当代国际广场，门前正好有332路公交车直通古城，现在聊城市民免费乘公交，我准备坐公交车去古城，正在这时，我的手机响了。拿出手机一看是我的同学孙来奎的电话。

电话接通后他先问我在哪里，我说："在外面，你有什么事情就说吧。"

"姜老师想去你那里和你学习一下怎么做微信公众号。下午有时间吗？你几点回家？"姜老师就是来奎的夫人，也是我们的同学，她现在是聊城旅游度假区实验中学的老师，现在是水城名师、聊城高级教师。

我原来曾经帮姜老师申请了一个微信公众号，她是英语老师，做的那个公众号叫智趣英语，但她因为教学任务比较繁重，业务也比较繁忙，一直没有做，可能这次想重新再做起来吧。老同学既然让帮忙，今天的古楼就去不成了，帮助同学才是更重要的事情。

2021 年我给自己定了两条原则，第一条原则是慢下来，只有慢下来才能让生活更从容，才能把事情做得更好更精。也因为这些年身体一直不算特别好，还有高血压，每天都在坚持吃药，高血压患者也不能着急上火，所以我第一条原则就是慢下来，一定要慢下来。记得美国总统林肯曾经有一句话，他是这样说的：我走得很慢，但是我不会退缩。2021 年我也不想让自己走得太快，慢下来，慢慢地享受工作，享受生活，享受所经历的一切。慢下来也就不会再浮躁，急躁，也就不会再着急上火。

第二条原则就是成全他人。做事情要对事不对人，但是所有一切都是为了人，以人为本。这一条是受到罗胖的启发，如果一个图书管理员只是对书负责的话，他希望的书是干净的、整洁的，不会丢，不会少，不会烂，那么书最好没人看。可是书就是为了让人阅读，让人看，让人领悟的。如果一本书没有人看，也就丧失了这本书的价值。所以如果以人为本的话，书还是要尽量让更多的人阅读。而且无论做什么事情，只有成全他人，才能成全自己。只有成全他人，才会愉悦自己。

本着这两条原则，我们下午回到家等姜老师和孙来奎的来到。可是姜老师的微信公众号因为长久没有运营，已经被系统注销了。我又重新帮她申请了一个，申请到一半的时候才知道：现在一个人只能申请一个微信公众号了，原来一个身份证能申请五个微信公众号。实在没有办法了，只能帮她找回原来的那个微信公众号。姜老师教学是能手，但是运作微信公众号却是一个小白，一切都需要重新开始，我要慢慢地教她怎么编辑，怎么上传，怎么下载。并鼓励她不要着急慢慢来，现在所做的一切都是为了将来，等十年以后她退休了，这个微信公众号就是她无形的财富。她听了也特别激动，表示一定要坚持下去。要想让某个人做某一件事情，鼓励是最好的办法。

姜老师现在是水城名师，教育局的领导让她成立一个以她的名字命名的领航工作室。联合其他学校的九名老师，一块运作这个微信公众号。

一下午的时光很快过去，我以为孙来奎和姜老师会在我这里吃饭，晚上我和来奎同学喝二两。可是晚上他们已经和姜老师的姊妹们约好去姜老师的母亲家吃饭，这我就不能再挽留了，虽然也想和来奎在一块儿喝二两聊一聊，但是没有办法只能让他们走了。

让生活慢下来，让脚步慢下来，成全他人，助力自己，成全他人，愉悦自己。这是我今年的原则，我一定按照这个原则去走去做。朋友们可以监督我，提醒我，帮助我。我会感激你们的。

人生一碗面足矣

妻子心疼我，最近总是让我睡到自然醒。她每天醒来总是慢慢地、悄悄地起床给儿子做饭，怕有声音干扰我的睡眠，起床之后还把卧室的门关上。所以早晨我又起晚了，八点才醒来。洗漱完毕，我坐到餐桌前等吃早餐。妻子端着一碗面条从厨房出来。大清早吃面条，可是好久没有的伙食了。我很奇怪地问："早晨好久没吃面条了，今天早晨怎么想起来做面条吃呀？"

"儿子上学早，我今天给他煮了一包大骨汤面，他把面吃完了，汤都剩下了，我看这汤挺好，没舍得倒掉，知道你爱吃面条，干脆下点面条吃吧。"

妻子喜欢喝粥，一点也不喜欢吃面，因为我喜欢，面条几乎成了我们家主食里面的常客，尤其是晚餐，经常会出现我喜欢的面条。不过已经好长时间早餐没有吃到面条了。原来我还在上班的时候，家庭条件比较困难，面条就是我们家最主要的早餐。我当时在鲁西化工集团聊城化工厂上班，化工厂在东板桥，我住在恒昌商业街，厂子离家有十多里远，大儿子还小，因为早晨需要赶时间，面条做起来比较节省时间，妻子总是为我们做面条当早餐。

送大儿子到幼儿园，幼儿园的老师见面总喜欢问孩子吃什么饭。

“康康，今天早晨吃的什么饭呀？”老师问。

“吃的面条。”儿子慢条斯理地回答。

第二天老师见了孩子又问：“康康今天早晨吃什么饭呀？”

“吃的面条。”儿子怯生生地答道。

“你们家怎么天天吃面条呀？”老师笑着继续问。

“嗯。”儿子不知道怎么回答老师的问题了，只能“嗯”了一声。

这个让我印象特别深刻，我和妻子后来也经常聊起这个话题。每每聊起都会会心一笑。

面条有多种，这次的面条因为里面有了方便面的调料包，更是别有一番风味，面吃得我很是满足，汤喝得我很是舒服。我最喜欢吃面条，也许就是因为有汤有面，有吃有喝吧。

小时候家里穷，记忆中总是吃棒子面窝窝头，经常喝玉米糊糊。我特别不喜欢喝玉米面粥，那时候的玉米面磨得特别粗，我总感觉玉米面粥喝起来拉嗓子。小时候偶尔吃一次白面，就是吃面条了。那时候在农村孤陋寡闻，只有逢年过节才能吃顿饺子，偶尔吃一顿面条，就已经很享受了。吃着母亲擀的手擀面，就以为这是天下最美的美食了。

小时候的面条都是母亲自己做，其实简单得不能再简单，也没有什么浇头。切上一点点葱花，放点盐，加点油，浇到面条里面就已经是天下最美味的食品了。

我犹记得那时候母亲放油时候的样子。母亲右手拿着一双筷子，左手端着放好了葱花和盐水的碗，慢慢地把筷子圆的那一头放入盛油的小罐子里面，然后快速提起，把筷子转移到碗的上面，伸进油罐的筷子部分就会带上一点油来，筷子上的油慢慢地下落，滴落在碗里面的盐水上。因为筷子伸进去的少，沾到的油特别少，也就三两滴的样子吧，油很快滴完了，母亲再把筷子伸进碗中，快速搅拌下碗中的葱花和盐水，碗中的水面上就漂着一层油花了，母亲小心翼翼地端着这只碗，就好像端了一碗油！

面条一般做得不多，大约也就一人一碗的样子，可是小时候的我别看人小，饭量一点也不小，一碗面根本不够吃的。再吃面条就没有了。怎么办呢？我就拼命喝面汤，因为都是手擀面，面汤里面似乎也有很多白面在里面，而且喝汤也能浇点葱花油。我大口喝着汤，还自作聪明地想，汤里面的水都会过滤出去，面就都留在我的身体里了。现在想一想似乎已经成了笑话，可那时于我而言，这就是真真实实的感受。

小时候吃面条还喜欢吃的是母亲夏天做的凉面条。在外面和小伙伴玩得满头大汗回来，到家有一碗凉面，真的是给个神仙也不换。吃凉面，我最先不是吃面，而是喝汤，凉面条的碗里面有蒜泥，有油盐酱醋。满头大汗的我喝上几口凉面条里的汤，凉凉的汤水下肚，舒服得无法用语言来表达，美中不足的就是凉面条里的汤太少，喝得不过瘾。喝上两口汤，再慢慢地吃面，有时候大口，有时候小口，都是为了享受这夏季美食的快乐。等吃完面之后，小小的脑瓜里还在奇怪，这个面条为什么是凉的？似乎也曾经问过大人这个问题，好像大人的回答是：凉面条是使用湿的柴草做的饭，所以做出来的面条才是凉的。当时的我对此深信不疑！

后来，家里条件慢慢好了，母亲也经常包水饺吃，因为白面馒头已经成了主食，面条的吸引力渐渐降低。后来我上了初中离家住校，一周回家一次，每次回家吃饭，母亲都会包顿水饺改善伙食，但是每次都少不了一顿面条。

上初中的时候学校伙食很差，家庭条件所限几乎没买过炒菜吃，一天三顿都是老咸菜就馒头，好在大多数同学都是如此也并不觉得怎么样。白面馒头倒是吃上了，可是常吃也就不稀罕。唯独想吃面条的念头依然总在心间。

大约是在深秋时节吧，记忆中天气有些寒冷的样子，但是还没有下雪。有一天的晚自习之后，有位家庭条件比较好的同学喊我陪他出去，到了学校西边距离学校不是很近的一个很小的饭店，饭店的主人是两位上了年纪的老夫妇。这位同学要了两碗炸酱面，这是我人生中第一次吃到炸酱面，炸酱面的滋味太好了，原来世间不只有母亲做的手擀面那样的面条，还有这样一种面，面条上浇有肉丁的大酱。也不知道是因为胃口太大，还是碗小，记忆中的面条给得也不多，面吃完了似乎还没有吃饱。但是第一次吃炸酱面的滋味，真的惊艳到了我的味蕾和我的胃。记得面条的价格是两毛钱一碗，是不是同学请我吃的也忘记了。初中的时候，也就到外面吃过这一次面条，别小看一碗面仅仅两毛钱，对于当时的我来说也是很奢侈了。那时候的我一周的零花钱只有两元，我大都买了过期的《读者文摘》和图书了。

后来的炸酱面又吃过无数次，妻子也经常为我做炸酱面，但是第一次吃的滋味总是最难忘的。

再后来到了城里上高中，我们这些同学进入了聊城四中的实验班。上了高中，和很多同学一起吃饭，早晨和晚上还是吃的老咸菜，中午几个同学联合购买一份蔬菜吃。在学校就餐，一般是吃不到面条的。偶尔出去打打牙祭，就去楼东大街新华书店西面的一个饭店，吃上一碗肉丝面或者鸡蛋面。那时候的肉丝面的价格也忘记了，不过量很大，一个人一碗面基本上能吃饱。这一碗肉丝面，又刷新了我对面条的认知。肉丝面不再是手擀面了，而是机器面，白水煮熟面条之后，将肉丝和芹菜或者蒜薹炒熟之后浇到面条上面，就是一碗诱惑满满的肉丝面。有肉有菜，有汤有面，那份美好的滋味到现在还十分怀念，可惜现在生活条件太好了，再也吃不出那时候的滋味。

高中生活下来，这种肉丝面条也就吃过两三次的样子。其中还有一次是我病了住院，在医院里面什么也不想吃，又想到了这种肉丝面，我一个关系非常好的同学赵文鹏，专门跑到那家饭店要了肉丝面送到医院。

和方便面结缘，也是在高中的时候，那时候学校旁边有个小卖部，不仅卖方便面，还提供热水碗筷帮助把面泡好。第一次吃方便面似乎感觉味道一般，但是第二次吃方便面，就感觉到了方便面的鲜美了。有了两次之后，方便面成了离不开的面食，到现在妻子偶尔还会在家给煮上一包方便面吃呢。高中的时候，清汤寡水的学校食堂饭餐吃腻了，偶尔的时候，也是晚自习之后到小卖部泡包方便面吃。记忆里，高中的时候没有吃过几次，也就三五次的样子。后来上了大学，在沈阳化工学院的北门东面的小卖部里，经常买上两包华丰牌方便面和一根火腿肠当作晚餐，花费不贵还很美味。

大学时候，关于面条的故事也有两个。我的大学是在沈阳化工学院上的，就是现在的沈阳化工大学。原来在沈阳市铁西区，现在学校搬到了于洪区。

到沈阳上大学之后，有一年夏天，我走街串巷想找一碗和山东一样的凉面条吃，竟然没有找到，心中的那份失望也是无以言表了。无奈之下，走进一家冷面馆，没有凉面看看冷面是什么。现在已经忘了当时的价格了，反正是不便宜。第一次吃冷面，还真有点不习惯，冷面的汤有点甜味，带甜味的面条，真的不符合山东人的口味，有几个山东的同学都没有吃完，还好我的那碗面条没有舍得倒掉，总算都进了肚了。慢慢地习惯，慢慢地也喜欢上了吃冷面，聊城开发区御润财富城有家东北来的朝鲜族冷面馆，我和妻子偶尔还会去吃上一顿。

要说面，肯定离不开兰州牛肉拉面。我最先吃的拉面，还真的不是兰州拉面，而是上大学时在距宿舍不远的一家“许家鸡味手抻面”吃的手抻面。这种面在沈阳就叫手抻面，不叫拉面。“许家鸡味手抻面”有很多加盟店。店面不很大，一般在临街的地方放一口大锅，拉面师傅有时候就在店门口外的大街上拉面。在寒冷的冬季，店门口热气腾腾的蒸汽对人就有很大的吸引力。

店里一般有三口锅，最大的一口是用来下面条的。另一个中型的锅里有鸡爪、鸡脖、鸡排、鸡架等在锅里煮着，当下酒菜，卤制鸡肉的汤就用来浇面。还有一口小锅，里面是肥猪肉片，就像我们老家的木梳肉，也有点像济南的把子肉，就是长约两寸，宽约半寸的带肥膘的猪肉片，卤制得特别软。上大学的时候，如果能吃上一块这样的肉，那也是神仙般享受了。

第一次吃拉面，不是被汤、肉所诱惑，而是被面团所诱惑。在大街上走过，师傅把揉好的面分成一段一段摆在面板上，感觉师傅手里的面团真的不小，应该能够可以吃饱，印象中不是很贵的样子，每次想解馋的时候，就去街角吃碗“许家鸡味手抻面”。虽然价格有点心疼，但是还可以接受。

令我印象比较深刻的面食还有干拌面，大约是在2006年的时候，在育新街美食城东头的一个门朝东的小店里，就有这种干拌面，这家店的名字叫作“月圆干拌面”，就是用干拌面做的店名，其实和兰州牛肉拉面一样，也是西北风味，也有牛肉拉面，只不过主打的是干拌面。从那时开始我爱上了干拌面，记忆中的蒜苗拌面，蒜苗的绿色和香气真的特别令人留恋。因为距离不远，我经常去吃面，有时候也带上妻子一起去，和老板一家已经混得很熟了。就是在这个面馆里面，我还邂逅了演员王志文拍摄电视剧，在剧中王志文穿着大裤衩到这个面馆里面去吃面，一段镜头，拍了好多次才拍完，老板的面条就做了好几碗。我当时问导演这部电视剧的名字，导演告诉我说是《遥远的救赎》，后来才知道改名字了，改成了《天道》。

最心痛的一碗面，是在南方吃的，应该是在1998年，我去福建泉州，第一天到泉州不愿意出去吃饭了，就在宾馆的餐厅里面点了一碗面。那个时候，我们聊城的一碗面也大约就是两元钱，泉州的这碗面标价十五元。十五元一碗面，该是何等豪华奢侈的面呢？端上来后，让我大失所望，碗特别小，就是我们现在经常在饭店见到的小碗，里面也就三五根面、两片菜叶、一个虾、一个海蛎子。面很精致，碗也很好看，可是我要的是吃饭，这样一碗面，还十五元钱，别说吃饱了，塞牙缝都不够。那种心疼的感觉真的无法形容。吃不饱没办法，只能出去再吃，出宾馆门不远，就有一家面馆，一碗牛肉面才几元钱，虽然味道不算很好，因为面汤有点甜，但是总算能吃饱。

民以食为天，食以味为先，越是普通，越是简单，越是常见才能见到真功夫。千万别小看一碗面，多少人就靠这一碗面，做到了亿万富翁。老北京炸酱面、武汉热干面、郑州滋补烩面、安徽牛肉板面，面的品牌数不胜数，每碗面的滋味各不相同、妙不可言！

曾经我有过这样一个梦想，自己也去开个小小的店铺，店名就叫“扈家庄四季面”。做各种汤，做各种面，鸡汤面、鱼汤面、牛肉面、海鲜面、鸡丝面、鸡蛋面、清汤面，等等。只要你喜欢面，总能找到你喜欢的一款。可是最终也只是停留在梦想中，估计这辈子也不可能实现了。

于我而言，美食再多，不如一碗面来得舒坦，山珍海味，不如一碗面让胃满足。人生一碗面，此生再无憾！

冬季餐桌上的一块西瓜

小寒节气刚刚来到，又一股寒冷的空气跟着小寒节气来到了齐鲁大地，据新闻媒体上说，这是七十年来最冷的一次，就连很少遭受严寒摧残的鲁西平原上的千年古城——聊城，一个有情怀有温度的小城市也不能幸免，据说温度都能达到零下十八摄氏度，可见这次的冷空气真的来者不善。

小儿子昨天晚上九点多放学回家，一进家门就兴冲冲地说："爸爸，看到王老师在群里发的消息了吗？明天早晨上学可以晚去，终于可以睡一会儿懒觉了，让我妈明天晚点喊我起床。"说完还坏坏地笑。

我快速拿出手机，找到儿子的班级群。小儿子的班主任王老师真的在群里发了通知，而且连发多次。

怀着对冰冷天气的敬畏，早晨六点醒来之后一点也不想早起床，虽然室内温暖如春，还是睡了一会儿懒觉。小儿子早晨起来吃完早餐上学走了，妻子悄悄走进了卧室的房间，看到我已经醒来在玩手机，于是催促我起床吃早饭。洗漱完毕后坐到餐桌旁边等着早餐上桌，看到餐桌的边上放着一块昨天吃剩下的西瓜，红红的西瓜瓤，黑色的西瓜籽点缀其间，颜色非常诱人。

这个西瓜是前几天我小妹来的时候买的，现在冬天的西瓜真的挺贵，五块钱一斤，放坏了怪心疼的。看着眼前这一片西瓜，我的思绪又回到了从前。记得小时候炎热的夏天最喜欢的事情，除了吃凉面条就是吃西瓜。母亲在院子中大树底下的小桌上一摆上西瓜，我们姊妹三个就会欢呼雀跃地跑来。甚至还比赛吃西瓜,看谁吃得快。我吃西瓜必须吐籽，但是我大妹满不在乎，连着西瓜籽和西瓜瓤一块吃。我小妹吃的也比较仔细，最终的结果别看我年龄最大还是我输的时候多。记得院子里面有一口压水井,吃西瓜之前先要压一桶水，刚压出来的井水在炎热的夏天感觉是冰凉的，把西瓜放在凉水里浸泡半晌才拿出来吃，一口西瓜入嘴，那种冰凉甜爽的感觉真的无与伦比。夏天吃西瓜也就成了儿时最美好的记忆。可是小时候因为家里穷，西瓜也不是想吃就吃，也不可能一次吃个够，我们一家五口人只吃半个西瓜，剩下半个还留着明天吃。再想多吃的话，父亲和母亲是不会同意的。越是因为西瓜吃得少，所以留在记忆里面的西瓜越美好。

到了上初中的年纪，学校就不在我们村了，需要去其他的村上学，而且一般是走着去。记得有一次我们三个人一块走着去上学，在上学的路上有一片西瓜田，有一个同学就偷偷地跑到西瓜田里面摘了两个西瓜。我们三个就蹲在路边的草窝里，是用拳头把西瓜砸开，一人抱着一块西瓜，把脑袋扎进西瓜里面大快朵颐。终于把西瓜吃饱吃足，我们三个抱着肚子特别满足地上学去了。也许那一天吃的西瓜太熟了吧，也许是吃得太多。记得吃完西瓜之后的我们三个人当天都跑肚窜稀。真的是享了口福，苦了自己。这时候也才明白，西瓜并不是能放开吃的东西。这时候才想起来，父母不让多吃，也许并不是因为舍不得，而是因为西瓜性太凉，不适合多吃。

后来长大进了城里，经常在路边看到卖西瓜的农民，头戴着一顶草帽，肩头搭着一块毛巾，光着膀子在阳光下卖瓜，他的西瓜卖得并不算特别好，甚至一车西瓜要卖上好几天。后来才知道城里的小朋友并不是特别爱吃西瓜，他们爱吃的是雪糕、冰激凌。

小时候的冬天在聊城是吃不到西瓜的，也几乎见不到西瓜的身影。后来有了温室大棚，西瓜和蔬菜不再受四季的限制，现在已经有好多小朋友，分不清什么时候该吃什么蔬菜瓜果了，西瓜也已经成了冬天里的常客。

“想什么呢？吃饭吧。”妻子端着早餐上桌，看我神情恍惚，于是催促道。

“这个西瓜还放着，昨天晚上忘了吃了，丢了怪可惜的。”我看着西瓜对妻子说，“昨天晚上怎么不让儿子吃了呢？”

“就你儿子嘴口那个刁劲儿的，他不吃我也没有办法。”妻子无奈地说。

听到了妻子的话，我不禁茫然了，小时候的夏天，我们想吃都不能经常吃的东西，到现在小儿子竟然对冬天的西瓜无动于衷。真的应了歌词中的那句话：不是我不明白，是这世界变化快。

“丢了真的太可惜了，这可是五块钱一斤的西瓜呀。”我嘴里嘟囔着。

“不吃就不吃吧，吃坏了肚子，可就不是五块钱的事儿了。”妻子也是无奈地说道。

其实妻子说得也有道理，现在多少农村的老人，就是因为省钱吃剩饭，反而吃坏了身子进了医院。现在我对这块西瓜也不感兴趣，发自内心地不想吃，只是我依然有点惋惜。

从一块西瓜的身上能够感受到岁月的变迁，时代的发展。在时代大潮中，我们个人显得那么茫然，那么无奈。

美丽的冰窗花

昨天晚上睡得很早，可惜睡着的时间已经很晚了。临睡之前，又拿起了周蓬桦老师的散文集《沿着河流还乡》，看了几篇里面的散文，很是为老师里面的语言和文字所折服。我什么时候也能达到这种境地，让语言不仅仅潇洒，还能灵动飘逸。

《沿着河流还乡》是知名作家周蓬桦的乡土散文集。不管经历多少，记忆深处永远无法磨灭的，肯定有童年和故乡，那是一个人生命的基础和底色。二十世纪七十年代的鲁西农村，充斥着饥饿与贫困，无数灰暗、疼痛的记忆让作者怀疑过往，于是他决定回溯并观察。柴草、麦垛、烟囱、积水、花园等意象串起生命中的点滴……跟随作者沿着河流重回六七十年代的鲁西平原，思考那个年代的人、情、事。贴近而又疏离冷静的故里，有着物资匮乏岁月的艰难和温情，作者笔下普通人的忧喜哀乐，真实动人。

周蓬桦老师出生在山东聊城，我也是山东聊城人，在他笔下的那些景物，那些人物，都是我所知道和了解的，但是又不是我所熟悉的。他那诗性的语言、飘逸的思想、优美的文字总是令我心向往之。妻子催我早点休息，我恋恋不舍地合上书本，灯被关上了，夜色更显得温馨与祥和，我想让自己早点入睡，可是思想却不受我肉体的约束，思绪就像一匹脱缰的野马，在旷野里面飞奔，我只能放任自己的思绪在朦胧的夜色中翱翔。

入睡的时间晚，可是早晨醒来的时间又太早了，不到早晨五点的时候，我就已经从睡梦中醒来。黎明比夜晚还要宁静，再想入睡依然是特别艰难，这个时候妻子也醒了，她拿出表看了一看，轻轻地说："六点了，我得起床了。"床头的台灯在我睡觉的这一面，妻子也没有让我开灯，摸索着自己穿衣起床，刚起来又躺下了，我挺奇怪的。妻子又轻声地说："哎呀，看错表了，现在才五点。"知道了现在才五点钟，距离起床的时间还早，我又迷迷糊糊地睡着了。虽然睡得不算特别死，但是妻子什么时候起床我就真的不知道了。

"老公，快起床吧，窗户的外面都结冰花了，快点起来看一看。"妻子充满惊讶和欢喜的声音传来，把我从早晨的梦中唤醒。我听说窗户的玻璃上结冰花了，马上和妻子说："快点拿手机，拍几张照片。"

冰花好多好多年没有看到了，自从在城市有了房子，自从房间里面有了暖气，冬天就没有再见到过玻璃窗上的冰花。妻子拿手机拍了照送给我看。我拿过手机来一看，真的就是梦绕魂牵想见到的那种冰凌花。小时候的冬天我最喜欢看的冰凌花。我赶忙起床，跑到阳台上去看。

阳台窗户下半截都已经结了冰霜，冰霜的颜色是那样的洁白，那样的晶莹。窗户上的冰花不仅洁白，而且有着各种各样的形态，有的像一棵松树，有的像一枝兰花，有的像一株小草，有的像一朵鲜花，还有的像一大片森林，千姿百态，应有尽有。花不一定是红色的，叶也不一定是绿色的，都蕴藏在这一片洁白之中。洁白色的花草树木，让人看了更容易心动。

小时候在农村老家，冬天的早晨是不会早起的，因为天气太寒冷，温暖的被窝太令人留恋。可是每每看到窗边的冰花，我就会挣扎着起来，跑到窗户边上站在窗前，凝视着窗户上的冰花，任自己的心灵在冬季的天空飘扬。这一份冰花把冬天打扮得那么可爱。小时候我经常站在窗边凝视这些冰花，对这些冰花非常痴迷，甚至吃早饭，母亲都要喊我三五遍，我才会恋恋不舍地离开窗台边。母亲有时候笑着说："这个小子傻了，一块冰有什么好看的呢？"有时候我会站在窗台前一直盯着冰花看，等到太阳出来了，冰花会慢慢消融，看到冰花消融流下的泪水，我的心中也在淌泪，为什么这么美好的事物生命竟然就这么短暂呢？又是谁在窗户上画下了这些美丽的图案，它们千姿百态，那样洁白，那样晶莹，白色的花比红花还好看，白色的树叶比绿叶更有魅力，白色的森林比真正的森林更令人神往。

小时候的我想不明白，自己对玻璃上的冰花为什么那么痴恋。后来长大了，我终于想明白了，那是一颗孤单的灵魂对美的向往。在小小的心田里已经种下了对美的渴望。小小的心灵中也因为冰花的消融有了多愁善感，并感慨时光的短暂。

今天早晨再次见到冰花，那清爽的姿态依然令人心灵震撼。也许别人都讨厌这一次的寒流，我却发自内心地感谢它。小时候的冬天是看不到花朵的，所以冰花令我特别珍惜和热爱。而我们现在一年四季都有绿色，都有鲜花盛开。一盆梅花正在我的阳台上蓓蕾，也应该到了梅花盛开的季节了吧。

《沿着河流还乡》我快看完了，还真的没有看到周蓬桦老师写过冰花。冰花为什么令我那么痴迷？我现在也清楚了，正是因为冰花的美丽，正是因为冰花生命的短暂。

冬季的小湄河公园

这两天聊城的天气虽然有点寒冷，但是天气比较晴朗，空气比较清洁。下午的时光最是悠闲，特别是有着冬日暖阳的下午，更是令人神往。坐在书斋里抬头望去，窗外的天空一片蔚蓝，抵不住蓝天的诱惑，抵不住阳光的吸引，于是穿衣下楼去，到大自然里面走一走，转一转，把压抑郁闷的心情放飞到大自然中。

于是漫步到聊城开发区的小湄河湿地公园，我春夏秋三个季节经常去。冬季因为雾霾和天气的关系，一般很少去。平常小湄河公园里的人还真的很多，特别是一些中老年人喜欢到小湄河公园唱歌、跳舞，唱戏。也许是因为天气寒冷的原因吧，今天的小湄河公园里面游客稀少。人少，正好符合我的性格，我不喜欢热闹的地方，只有悠闲安静的地方，才能让心情真正的放松，让情绪真正的放下。

以前只是关注小湄河春夏秋季的风景，没想到冬季的风景依然是那么美丽。我拿出手机，边走边拍，记录下这一段美好的行程，也记录下冬季小湄河的风光。我喜欢春花的烂漫，夏季疯狂的绿意，秋叶的静美，但我更喜欢冬季光秃秃的枝头展示的独特魅力。树枝褪去了绿衣，一根根枝条直指蓝天，那一根根枝条像枪、像剑又像戟，刺破苍穹，小儿子的想象力很丰富，曾经为一株小树起名叫“破天”。其他三个季节的树上是看不到鸟巢的，冬季的树上更有鸟巢装饰在树杈间展示着无限的魅力。河边垂柳的枝条已经有了淡黄色的生命痕迹，在微风轻拂下欢快地招摇，在灿烂的阳光下展示着无限的温柔和魅力。偶有松竹展露绿意，昭示着生命的美丽。树下面的小草也不甘冬天的寂寞，还有一抹绿意没有褪去。远处更有一片金黄色的树枝，在阳光下绚烂，我不知道树的名字，于是在心中给这些树起名“黄金树”。

边走边看，蓝蓝的天空，偶有喜鹊飞过，冬天的候鸟都已经南去，唯有喜鹊陪伴我们还留在这里，喜鹊在我们这边属于一种吉祥和美丽的象征，出门看到喜鹊，令人心情特别的愉快，因为喜鹊象征着吉祥、象征着如意、象征着会有好的运气。“喜鹊绕门飞，必有客登门”是我们这里连小孩子都知道的谚语。

小湄河东岸还有一个五星级的卫生间值得留意，上面写着24小时免费开放，让我的记忆又回到了过去。过去的城市和公园很少能找到公厕，好不容易找到公厕又脏又乱还收费，当人内急的时候，一个及时的公厕出现就是最幸福的事。之所以说这个公厕是五星级，是因为里面干净、整洁、大气。各种设施非常齐全，甚至都有给手机充电的插座，还有雨伞摆在那里。这么高端大气上档次的卫生间竟然还是免费，而且里面还开着空调，吹着阵阵的暖气，怎不令人心生感慨，现在的社会真的很好。

公厕的北面是一个小广场，广场的南北两侧是环形的文化长廊，论语文化长廊，在梁柱上刻着论语里面的名句。长廊的上面爬满了凌霄花，当然冬天的凌霄花已经没有了鲜花只剩下了枯枝。可是枯枝也有枯枝的美丽，正像曹雪芹在红楼梦里借用林黛玉的那句话：“留得残荷听雨声”，其实应该是陆放翁的诗句。荷花真正的美丽不是在荷花开放的季节，而是在深秋季节，荷花凋谢荷叶枯萎的时候。很多画家也喜欢残荷，我见过一幅名画，画的就是满池塘的残荷，而不是正在怒放的荷花。公厕的南面就是一片荷塘，可惜残荷也没有了，芦苇也没有了，都被工作人员给收割了。使得这一片荷塘少了一些意境和美丽。

广场的北面是一片草地，其实我的内心更喜欢枯萎了的冬季的草地，因为这样的草地可以躺下来和大地来一次亲密接触，不会将身上沾满绿色。记得在上高中的时候，秋天去铁塔体育场上体育课，我就会躺在草丛里面仰望蓝天，任思绪飞扬，让心情惬意。

草地的北面是一处高地，高高的顶上有一个古色古香的小凉亭，为这一片风景增添了无限的魅力。因为这个凉亭我以前经常去，今天就不上去了，其实上去还不如在远处观看显得美丽。

人到中年不能再拼命，因为毕竟生命属于我们只有一次，只有有了健康的身体才会有后面的一切。为了生命，该休息的还是要休息的，为了生活，该休闲的还是要休闲。小湄河公园并没有白去，毕竟让自己的心情轻松愉悦了，这就是收获。

午后的不快和感动

周日的时光一般都比较悠闲，可是我却非常忙碌，昨天忙了整整一上午。中午妻子包的羊肉饺子，我倒上了一杯小酒，羊肉馅的饺子味道特别鲜香味美，酒足饭饱之后，静静地享受周日的午后时光，阳光和煦，悄无声息地走到了室内，连室内的空气都显得温馨而从容了，如此温馨的时光令人什么都不愿意想，什么都不愿意干，就连平常最喜欢的书都不想看了，手机也懒得浏览了，慵懒的情绪涌上心头， 既然什么都不想做，干脆躺到床上休息一会儿吧，休息好了才有精神。

迷迷糊糊中刚想睡着，手机铃声像一声惊雷，打破了时光的安详，搅乱了空气的静谧。

原来是一通骚扰电话，挂断电话之后情绪不佳，心情也不好。慵懒的午后让这一个电话搅得睡不着了，于是继续躺在床上假寐，闭上眼睛养养神也是好的。闭目养神的时间长了，情绪再次不受控制，迷迷糊糊中又想睡去。

“爸，我们语文老师让把写好的作文用电子版发给她。我已经写好了，你想着发给老师。”儿子又推门走进了我的卧室，语气急促地说，“我走了，你一定想着发给我老师，否则我要是挨罚都怪你。”

我迷迷糊糊中抬起头，儿子已经转身走了，留给我一个匆匆的背影。

算了，看来是休息不成了，干脆起来吧，看一看儿子写的作文。走到书房坐在电脑前，看到儿子写的作文是《中国传统节日春节》。简单看了看就知道这小子没有认真写，东拼一句西凑一句，只是为了应付了事。没有真情实感，再好的文章也味同嚼蜡。

“你也不起来辅导辅导他，我和他说，他还不当回事。我让他叙述一下春节回老家的经历，他说我是在记流水账，根本不听我的。你要是好好辅导一下，这篇作文应该能写得更好。”妻子在一边半是牢骚半是抱怨。现在说什么都晚了，儿子已经去上学了，我只能把他这篇文章在微信上发给他的语文老师。

发给老师之后，我以为没有什么事儿了，没想到老师立即回复我说：“他的作文您修改应该比我强！您的书我看了，很厉害！”

老师的话语令我有点汗颜了。我赶忙回复老师：“孩子在家里一般对父母的语言总是嫌烦，还是对老师比较言听计从。辛苦老师多多指导。多谢老师的夸奖。”

老师又说：“在作文上，他有潜力，就是不喜欢思考，导致他的作文有时候很一般。”

看到老师表扬孩子，并且指出孩子的不足，我心中很感动。于是回复道：“他就是懒，这就是他最大的特点。多督促一下，或许能好一点。这小子看的书特别多，也特别杂。所以应该有很大的潜力可挖。”小儿子特别喜欢看书，从小到现在一直书不离手。每天晚上和我一样都养成了这个习惯，不看一会儿书不睡觉。

老师又快速回复我：“嗯，好的。”

难得老师能和家长在微信上聊天，我想自己有个微信公众号也可以发表下孩子们写的比较好的作文，于是对老师说道：“老师如果有发现比较好的作文也可以发给我，我在微信公众号上发一下，帮助孩子们提高一下。”

老师回复我道：“好的，谢谢，您也可以发发他的作文，这孩子其实自尊心很强。”

看到老师这么关心孩子，怕耽误老师的时间，我立即回复：“好的，谢谢老师的建议。我尝试着发布一下。小孩子自尊心都很强，有时候太强了也不是好事。该夸奖的时候夸奖，该批评的时候也要批评。”

老师又快速地回复我三条信息：

“嗯，好的。”

“正确引导。”

“一起努力，这孩子更多时候得严格要求。”

我看到老师的说儿子需要严格要求，正好说到了我的心坎，这小子每天乐呵呵的，对自己要求一点也不严，也不想着提高自己，总是感觉自己现在已经做得很好了。我怕老师心慈手软。于是回复道：“这个小子比较抗摔打，管理严一点没问题。而且能力还可以发掘，稍微抬高一点要求也很好。”

给老师发了一篇作文，耽误老师这么长时间，心中真的感觉有点不安，但是又很庆幸孩子能遇到这样的学校、这样的老师。

生活中总是有很多的不快，又有许多的感动。经常有朋友问我：文章写什么？也有朋友为孩子的作文感到为难。古人讲“文章合为时而著”“文以载道”。要让我说作文其实很简单，就是记录生活记录时代。生活中有许多的不快和感动，把生活中的不快和感动记录下来，有了真情，有了实感，记录下来就是一篇好文章。记录下来的时光才有价值，记录下来的生活才更有意义。

接儿子回家

今天的心情特别愉悦。

大儿子在济南上大学，到现在已经有半年没有见面了。也不知道这小子半年有什么变化?

上半年孩子没有开学，一直在家里，相处的时间长了反而不觉得亲切了，下半年开学不知不觉间已经分别了半年，心中还是特别的想念。因为儿子在山东师范大学读书，我对山师大的新闻便特别留意，一直在想着儿子什么时候能够放寒假。妻子也天天念叨，还有多长时间儿子就可以回来了。

昨天突然接到儿子的电话，问我明天有没有时间，能不能去接他。原来学校决定提前放假。听到儿子的声音，我的情绪也被感染，虽然事情很多，但是为了儿子，今天决定加班加点把事干完，然后驱车去接他。儿子虽然已经是二十多岁的人了，还是希望父母能去学校接他，他的心情我也能理解，而且我也非常愿意亲自去接儿子回家。

最近心中总是浮现出儿子说过的话，“我在青春期也没有叛逆，也没有气你，而且还经常帮你管乐乐”。每每想起儿子说过的这句话，我的心中就充满了温馨和欢乐。如果说小儿子已经非常优秀的话，大儿子比他弟弟更加优秀。小学毕业给他报的东昌东校，那时候的聊城开发区东昌东校还没有转为公办，也没有划片招生，必须凭成绩才能够进入。

当时傻傻的我就听了儿子的话，只给儿子报了这一所学校，儿子进去考试了，我们一些家长在门口聊天，有一个熟人听说我给儿子只报了这所学校，大惊失色，埋怨我怎么这么粗心大意不给儿子再报一所其他的学校兜底，那时候的东昌东校非常的难考，万一考不上怎么办呀？本来我对儿子非常有信心，但听别人说这话让我也没有底了，于是趁着儿子考试的时间，又跑到聊城六中给儿子报了名。儿子考试完出来听说我又给他报了一所学校，还非常生气，感觉我有点儿小看他了。心不甘情不愿地又去聊城六中参加了考试。

东昌东校放榜的时候，在学校外面的录取通知栏里没有看到儿子的姓名，我们的心情非常沉重。儿子却坚定地说："不可能，录取分数线就这点分，我不可能考不上。"他的那份自信和从容给了我很深刻的印象，到现在想起来还为儿子感到自豪。后来走进校园内，还有一个榜单是高分学生的榜单。儿子的名字赫然在列，而且还排在前面。

到了报高中的时候，儿子的理想是考聊城一中。因为聊城一中是聊城最好的高中，我还担心儿子考不上，没想到儿子以超出录取分数线二十多分的成绩轻松地考上了聊城一中。

考大学的时候儿子发挥得不算特别好，考进了山东师范大学。山东师范大学虽然不是 985 也不是 211，但是在山东省内的口碑一直很好，每年的录取分数线都很高。儿子能考上山东师范大学，我也知足了。

妻子早就盼望着大儿子回来了，因为小儿子的确有点太调皮了，这也不能完全怪孩子，每一个家里的老二都比老大要活泼、调皮一点。老二相对于老大就稍微有些难管，我呢又对孩子特别放纵，舍不得打也舍不得骂。管孩子的重任就落在了妻子的肩上，妻子经常和小儿子生气，总拿他哥吓唬他，也是奇怪了，小儿子总是对他哥的话言听计从。真的是卤水点豆腐，一物降一物。老大回来了，能够帮助妻子管小儿子。我和妻子都能轻松不少。

从聊城到山师大长清校区大约有一个半小时的车程，所以时间应该比较从容。先让妻子去洗洗车，我们开着干净的车，怀着愉悦的心情上路。虽然现在人还在室内，但是我的心却已经上路。

兄弟情深

昨天上午匆匆地忙完，去接上大学放假的儿子回家，不上路不知道行路难，去的时候没有走高速，因为下面的道路也修得非常好，去儿子的学校还能近很多。

到了学校见到大儿子，这小子第一句话竟然问："乐乐呢，乐乐怎么没来？"听到儿子的问题，我的心中十分的欣慰，看来弟弟在哥哥心目中的位置很重要。

到家之后大儿子又问了两次，弟弟什么时候回来？我告诉他乐乐晚上要在学校上晚自习，要到晚上九点多才能回来。

回家之后晚上吃什么饭成了问题，大儿子在网上点了一份外卖，要了一只烤鸭。晚上吃晚饭的时候，我和他妈还没怎么吃，大儿子就连说两次："给乐乐留点，给乐乐留点。"生怕我们把这一只烤鸭给吃光了，弟弟回来没有吃的了。烤鸭送了两份饼，一份饼吃完了，儿子还担心地问："还有饼吗？"妈妈以为他没有吃够，就告诉他还有，他说："我不吃了，给乐乐留着就行。"

吃完晚饭之后，大儿子八点多就下楼等弟弟，一直等到晚上九点多，还焦急地给他妈打电话，问弟弟到底几点钟放学。冬夜非常寒冷，大儿子一直在楼下等弟弟回来，这份兄弟之情，真的令人动容。晚上九点多钟哥俩一块开门回家，当时我正在书房里面坐着，突然听到大儿子在外面惊喜的声音：“哎呀，乐乐长得比我都高了。”听着大儿子兴奋的声音，我有点儿将信将疑，赶忙走出去，看到小儿子正在换鞋，大儿子在一旁开心地看着弟弟。

我说：“不会吧？我怎么没看到他长个儿呀？”

大儿子高兴地说：“真的！他现在比我都高了。”

“你俩比一比，我看看。”我也开心地说。

哥儿俩很听话，真的站到一起比个头，小儿子还调皮地故意把手往哥哥头顶上斜。看到哥儿俩的个头几乎一般高了，甚至小儿子还真的比哥哥稍微显得高那么一点点。我有点儿震撼了。大儿子开学走的时候比小儿子还高不少，这小子这半年不知不觉间怎么长了那么多呀？小儿子经常在身边，看不到有什么变化，大儿子回来一比才知道变化竟然那么大。

看到两个孩子比个头，我也非常开心地调侃老大：“坏了，康康，你可能办不了你弟弟了。”

小儿子听完更是眉飞色舞，喜笑颜开，就差向他哥哥挑衅了。

看着两个孩子兴高采烈的样子，幸福在我的心中澎湃洋溢。大人过的就是孩子的日子，过去的2020年于每一个人来说都是那么艰难。在这份艰难困苦中，孩子依然在健康茁壮地成长。岁月是那么无情，在我的额头刻下了皱纹，催白了我头上的黑发。岁月又是那么可爱，让两个小小的孩童现在都已经长成了大人般的模样。

更令我感动和欣慰的是，小哥儿俩的感情那么真挚，关系是那么融洽。家和万事兴，只有家庭和睦，幸福才会源远流长。

我又想起了妻子在车上嘱咐大儿子的话语，“回家之后做到两条，第一别气爸爸，第二管好你弟弟。”

也许幸福的时光会是短暂的，孩子刚刚回来的时候，一般都是妻贤子孝，过一段时间也许就会鸡飞狗跳。但是一个一个短暂的幸福时光汇聚到一起，也就是我们安静从容的一生。

白菜涨价了

没有一年的冬天不是特别的冷，今年的冬天更是如此，遭遇了几十年不遇的一场寒流。我在城里的暖气房里，不操心柴米油盐，不知道这一场寒流给普通的生活带来了多么大的影响。

每到冬天因为城里有暖气，我总是把父母接来同住。不想让年迈的父母在老家受冻，这个习惯已经坚持了十多年，从我 2006 年买了房到现在一直都是这样。今年的老家通了天燃气，也安装了取暖的壁挂炉，父亲本意是不想来城里住了，但是我依然坚持让两位老人到城里来和我们一起住，因为我怕他们舍不得花钱一直让壁挂炉燃烧着，再加上母亲身体不好，到了冬天更需要注意保暖。

一大家人住在一起，有欢乐也就有烦恼，这就是生活中的交响曲，都是难免的。和父母住在一起，更需要控制好自己的情绪，无论说话或做事都要小心一点，不能让老人心中产生隔阂。我的父亲非常通情达理，对什么事情也能看得开。

好长时间没有回老家了，昨天父亲回老家看了看，回来之后情绪非常的不好。吃晚饭的时候，父亲一脸的闷闷不乐。让餐桌上的气氛有点压抑，于是我问父亲从老家回来为什么不高兴呢?

父亲唉声叹气地说：“后面院里的水表冻坏了，换新表需要再花一百多块钱。家里埋好的白菜也都被冻坏了，还有留着的红萝卜也已经被冻得没法吃了。”

看出来父亲非常心疼那一百多块钱的水表，更心疼他亲手种的白菜都被冻坏了，我于是笑着安慰他说：“没事，只要想吃咱们买呀。”

父亲依然唉声叹气地说：“你知道现在白菜多少钱一斤了吗？昨天的白菜在集上，一开始是一块五一斤，后来都长到一块六了。什么时候白菜有过这个价格呀？”

妻子笑着说：“我说您今天怎么没有从家里拉白菜来呢？没事，现在超市里的白菜才一块钱一斤。自己家的白菜坏了，咱们买着吃。还能没有白菜吃呀？再说了，也不能天天吃白菜，顿顿吃白菜呀。”

“超市里的白菜为什么那么便宜呢？”父亲奇怪地问道。

“超市自有超市的打算呀，你去一趟超市不可能只买一棵白菜回来吧，捎带的东西就把白菜钱赚回来了。”妻子依然笑着说。

“是呀，现在就怕逛超市，买一堆本来不想买的东西回来，我的一个朋友说好了去超市转一圈什么也不买，结果出来的时候依然是大兜、小兜的提，两个手都不够用了。”我笑着接过话头来。

“这是什么年月呀？连白菜都能这么贵。现在去外面买白菜，连一片白菜帮都不让往下掰了。”母亲也感叹道，“不光是白菜贵了，现在连菠菜价格也令人受不了。”

“现在老家里收菠菜，每斤都一块八了。”父亲也感慨，“这样下去老百姓的日子快没法过了。”

“蔬菜价格上去了，老百姓的日子不应该好过了吗？”妻子奇怪地问。

“好过什么呀？价格高了，老百姓的白菜都冻坏了，想卖也没有卖的了。”父亲的情绪依然没缓和过来，说话依然显得特别忧郁。

“都是这次寒流惹的祸，这属于天灾，谁也没有办法。”我看父亲还是不高兴，继续安慰他。

“这要是家里有人，水表就不会冻坏了，白菜也不能让它冻坏呀。”父亲还是不开心，认为是自己没在家的原因导致的。

“都已经成事实了，再烦恼也改变不了什么，还是想开一点吧。”我看父亲依然闷闷不乐，继续安慰他。

“就是，您就权当省的燃气费又花了。”妻子也帮着我安慰老人。

“也只能这样了，想不开也没有什么办法。”父亲的眉头终于有点舒展了。

俗话说得好，不当家不知柴米贵。知道了又能怎样呢？既然不能改变，那就只有接受了。接受了，心里也就坦然了。

时光总是匆匆向前，不会为了谁而回头，也不会因为什么事情就停滞不前。生活还要继续，只要心态平和，只要情绪别浮躁也不急躁，来日方长，相信未来会好的，一切都会好的。没有一个冬天不会过去，没有一个春天不会来到。与其沉浸在现实的烦恼，不如展望未来的美好。幸福就是家庭和睦，幸福就是仨饱俩倒，吃饭的时候最好不要想着烦恼。既然无法左右环境，那我们就改变自己的心态，与其让自己烦恼，不如顺其自然就好。

儿子自告奋勇做饭

水饺、面条、包子、馒头是山东人最常见的食物，其中包子的身价仅次于水饺，深受大家的喜爱。记得中学读书的时候在学校吃食堂，如果哪一天食堂包了包子，大家就相当于过年了，都非常的激动和兴奋，买饭的时候肯定要蜂拥才可以买到。

昨天中午妻子包包子，面没有发好，蒸得包子不像发面包子而像死面的饺子了。我们看着死面的包子虽然心中有点不情愿，但是都没有发表意见，小儿子调皮捣蛋说了一句俏皮话。惹得妻子看着这个半大小子大发感慨："谁要是能给我做顿饭吃，我就心满意足了。"

"我来，今天晚上我来做饭。"大儿子兴高采烈，奋勇争先，把话接过来。

听到老大的话，全家都笑了。老大还是疼爱弟弟，紧接着又问老二："今天晚上想吃什么饭，哥给你做。"

老二调皮地吐了吐舌头，还没有发言，妻子就把话抢过去说："问他干什么，他晚上又不回家吃饭。"

"周五的晚上不是不上自习吗？晚上是回来吃饭的吧？"老大问。

"对，今天周五你弟弟不上晚自习，今天晚上回家吃饭。"

我把话接过来，又鼓励儿子道，“今天晚上好好表现，看看你的手艺。”

包子的面虽然没发好，但依然十分鲜香美味。我吃了四个大包子，饭量好久没有这么大了，可见包子于我是真爱。

下午快到晚饭的时间，我正坐在电脑前忙碌，老大大包小包采购回来了。因为书房的门没有关太严，我听到外面的对话，心中暗暗发笑。

“怎么样？我儿子比你儿子强吧，你儿子连饭都不会做。”妻子冲着婆婆炫耀道。

“我的儿子忙着赚钱。”老太太在为自己的儿子辩护。

“我的儿子长大了也会赚钱，比你儿子赚得还多。”妻子一直炫耀自己的儿子。

“你儿子会做，我儿子会吃。”老太太说了这样一句话令我哑然失笑，谁不会吃呀？

老大喊老二到厨房去帮忙，妻子不放心两个人，也过去打下手。娘儿仨在厨房里忙得不亦乐乎。这种画面平常生活中很少见，看着这样温馨祥和的画面，我的心中充满感激。热爱生活，感谢生活。热爱家庭，感激家庭的温暖和温馨。

儿子做好菜之后，兴冲冲地端到我面前，第一口菜先让我尝，让我幸福立马充满心间。儿子催我快点尝尝怎么样？我看了看，没有看出儿子做的是什么菜，就问道：“这是什么呀？”

老大调皮地说：“这是鲍鱼，你尝尝吧。”

我心中吃了一惊，这小子真够奢侈的，竟然在家里吃鲍鱼。尝了一口味道很鲜，就是有点辣。难得家中有这样的暖男，坚决不能打击儿子，我高兴地说：“嗯，嗯，很好，这一口不得十块钱？”

儿子哈哈大笑："这不是鲍鱼，这是杏鲍菇。"说完兴高采烈地端着菜出去了。

这个臭小子又拿我开涮。不过倒是很孝敬，第一口菜先让我尝。正在我心里美美的时候，妻子又端着一盆食物走了进来。夹了一个油炸的食品，送到我嘴里："尝尝儿子做的油条虾滑。他做饭我得给他打下手。"

我吃了一块儿，味道还真的不错，小伙子也不知道怎么想到的这些食品，又是我没见过的东西。油条虾滑里面放了酸奶、沙拉酱和柠檬水调制的汁儿，混合到一块，味道真的很好，不过我没有吃出虾味来。

人生天地间，要的就是这份人间烟火气。现在的年轻人很少有人进厨房了，特别像我家老大这样的大男生，估计进厨房的就更少了。如果生活中没有了厨房的烟火气，也就没有了人间的百般味道。但人间又不能全部是烟火气，那样也就庸俗了。不能把日子过得平庸了，要让日子里面有七分烟火气，三分仙气，平庸中有雅意，平淡中有激情，这才是最好的搭配。

大儿子可能不明白这个道理，但他就是这样做的，能跳进去，也能走出来。难得一个大小伙子进厨房，作为父亲要为他点赞：儿子好样的！

心事越来越重　话语越来越少

小外甥今年四岁了，唇红齿白，伶牙俐齿。昨天中午在老岳父家吃饭，耳边回荡着孩子清脆悦耳的童音。与之形成鲜明对比的是，几个大孩子除了玩手机就是玩手机，基本上没有怎么说话。

年龄越小心越单纯，语言也越多，想哭就哭，想笑就笑，根本不顾及他人的感受和需求，多么美好的童真时代。年龄越大心事越多，心事越多话语越少。常言说“言为心声”，随着年龄的增长，随着岁月的变迁，语言越来越陌生，心事越来越深藏。难道这就是我们想要的成熟吗？我不禁有点困惑了！

小时候是那么讨厌孤单，现在越来越喜欢孤独。小时候听《北国之春》的歌曲，里面有一句“家兄酷似老父亲，一对沉默寡言人。可曾闲来愁沽酒，偶尔相对饮几盅？”当时甚是不理解，沉默寡言有什么好？见到的都是呼朋引伴、欢声笑语。可是现在，有时候也会独自一人倒上一杯酒，一个人对着酒杯独酌，慢慢品味人生的苦涩，慢慢地领悟生活的艰辛。

越是在茫茫人海中，孤独的身影越是孤单。越是在红尘喧闹中，越感到心灵的孤寂，越是把心门封闭。有很多话想说，却不知道说给谁听，往往取酒还独倾！我深深地领悟了李白的孤单，“举杯邀明月，对影成三人。月既不解饮，影徒随我身。”越来越感受到寒江独钓的意境：“千山鸟飞绝，万径人踪灭，孤舟蓑笠翁，独钓寒江雪。”老翁钓的既不是鱼也不是雪，钓的就是这份孤单和寂寞。

记得大学的时候，有一个同学写了这样一句诗：“寂寞是一支烟。”语句虽然很美，却真的是“少年不识愁滋味，为赋新诗强说愁”。现在真的领悟了蒋捷的《听雨》：

少年听雨歌楼上，红烛昏罗帐。
壮年听雨客舟中，江阔云低、断雁叫西风。
而今听雨僧庐下，鬓已星星也。
悲欢离合总无情，一任阶前、点滴到天明。

心事越来越多，话语越来越少。想起了李清照的词句：

风住尘香花已尽，日晚倦梳头。物是人非事事休，欲语泪先流。

闻说双溪春尚好，也拟泛轻舟，只恐双溪舴艋舟，载不动许多愁。

是呀，悲欢离合总无情，物是人非事事休！我向生活中去寻觅快乐，有时生活却总送给我忧愁和苦涩。也向往黄昏的诗意，也希望几度夕阳红。

月白风清，风轻云淡，冬季里不仅仅有严寒，也有冬季的暖阳相伴。生活中不能和自己过不去，更不能让他人难堪。有了文字，也许我就不会再孤单。

邮书的遗憾

冬日的午后阳光明媚，中午小憩了一会儿，起来之后精力充沛。我坐到书桌旁为朋友们签名，我在书的第一页空白地方写下："做一个热爱生活的人"，并签上了自己的名字。签上作者姓名的书，似乎更有了纪念的意义。

给朋友们邮寄我的书，本来是一件很高兴的事，可是昨天邮书的时候，有两件事情还是让我很后悔。

第一件事情就是签完名字的书忘了盖章。以前签完名字都会盖上章，昨天的五本书都忘了盖章，没有盖章的书似乎就有了点不完美，我的心中些许有了点遗憾，我不是一个追求完美的人，但是我不想让自己心中总有遗憾出现。书已经邮走了，再也没有办法改变。只能提醒自己下次一定要注意。

第二件事情就是妻子去邮寄的书，邮寄的时候她又忘了拍照。没有拍照就没有拍照吧，没有了照片也无所谓，其实邮寄的书已经太多了，大都没有留下照片。

又有五本书找到了自己的主人，不再酣睡在我的地下室了，我的心中很是欣慰。书再好只是在我家的地下室酣睡，文字也就失去了意义。书是用来看的，而且最好能够认真仔细地看，一边看书中的文字，一边思考自己的经历，让书中的文字对读者有了真正的价值和意义。

这五本书穿过时空的距离，投入到主人的怀抱，它们可能被放在案头，也可能被放在枕边，还可能登上高雅的书架，和一些名人大家的书籍挤在一起。让我这个不出名的人也有了虚荣和满足。

在我家小区门口诸多的店铺中，就有一家韵达快递，因为我经常去邮书，老板在价格上也比较照顾我，如果不是很偏远的地区，一本书的邮费只需要六元。偏远的地区价格就要翻番，昨天有位内蒙古呼伦贝尔的朋友，邮费就是十二元。价格高点就高点吧，最起码不用再跑很远。

令我惋惜的是，有一本到河北的书没有办法再邮寄。请这一位朋友再耐心地等待一下吧，我已经和快递的老板说好了，只要能邮寄的时候我立马前去。

有时候内心也是很惶恐，小小的我偏居在书斋里，为什么能够受到全国各地那么多朋友的喜爱？小小的我何德何能？有那么多的朋友青睐我的文字。我只不过是把身边的事记录下来，我只不过是把心头的感悟用文字描述出来。竟然有那么多的朋友喜欢读我的文字。真的让我特别的感动。昨天上午因为有事没有写文章，就有那么多的朋友在追问，在探寻。真心感谢朋友们的关怀和支持，正是因为有了你们的关心和爱护，我才能一直这样坚持走下去。

有时候也很自豪，我的文字能够被那么多人喜欢。在京东我的书销售了五百多本，全部是百分之百的好评，这不能不令我感动。每一个好评都是一颗心灵的真诚，每一句鼓励都会化成我前行的勇气。我以我手写我心，我的时光也是你的经历，我的故事也是你的感动。因为我们拥有相同的地方，都拥有一颗真诚的心灵。

时光可以远去，记忆永留心底。每一份欢笑、每一滴泪水都值得我们铭记。我们不会忘记过去，就是为了安慰现在的自己，我们现在之所以努力，就是为了以后做更好的自己。

为了缓解心头的压力，为了让生活不再压抑，唯有灵性的文字，才能驱散心头的阴霾，才能让我们卸下前行的负重。

我深深地知道我的读者，我清楚地懂得我的朋友。我知道他们的酸甜苦辣，我了解他们的喜怒悲欢，因为他们也和我一样，只是一个普普通通、平平凡凡的人，都想让生活过得更好，都想让生命更加的美丽，他们在打拼，我们在一起努力。我的文字是为他们而写，我的文字更是为了勉励我自己。所以我一直用最朴素的文字，表达最真挚的情感。我不想让他们看不懂，所以我拒绝晦涩难懂的文字，我摒弃假大虚空的语言。我妻子一般是我文字的第一个读者，她对我的评价就是“你写得非常容易看懂”。相信大家也能够非常轻松地理解我的意思，明白我的表达。

午后的阳光很好，空气也很清洁，在室外走一走，让情绪不再郁闷，让压抑不再压抑。感谢朋友们的热情，感谢朋友们的鼓励，让我们一起做热爱生活的人，淡定从容地过好这一生。

两个闹心的清晨

清晨是一天美好的开始，晨光熹微中，我们从睡梦中醒来。

“秋。快来，快点过来。”厨房里面传来妻子惊恐而又急迫的声音。

我稍微有点点耳背，并没有清楚地听到妻子喊的什么内容，但是从语气中已经知道有很急迫的事情需要我过去。就在我慢吞吞地穿好衣服，走到厨房之后，妻子和我急了：“自来水管的接口处漏水了，咱家厨房被水淹了，让你快点儿，你现在才来。”

我看了看，厨房的地下都是水，妻子的上衣和裤子也都已经湿了。妻子拿着一把扫帚正在往地漏处扫水。我看她衣服湿得太多怕她感冒了，便催促她去卧室换衣服，我接着打扫地面上的水。

我家的自来水管还是原来的老 PVC 管，不是现在的热熔管，我让妻子去买胶，自己用胶黏上就可以了，再找物业的话不一定什么时间能过来，没有水的日子简直就没法过了。

我把水管擦拭干净，妻子把胶买回来之后，很轻松地就把这根水管接好了。水管虽然修好了，大好的清晨时光也就这样过去了。

昨天清晨的不快随着时光走远了，今天早晨起来我准备去洗把脸。可是妻子又让我去阳台，把疏通下水道的疏通器拿来。原来厨房的下水道又堵了，厨房的地面上又是一片水。想一想，气得我都想笑，这两天是怎么了？

我把疏通器拿来，用弹簧的那一头塞到下水道里面，使劲往下捅，还好，没有费多大的劲儿，下水道就通了。

做一个女人不容易，需要上得了厅堂，还要下得了厨房，就像妻子说得那样，既要给我当生活秘书，还要给我当工作秘书。作为一个男人，想一想我还有点自豪，不仅仅会写字，还会修理水管，疏通下水道，做一个男人真的更不容易呀。

生活就像一架一直在运转的机器，不可能一直那么正常，不一定什么时候，在什么地方，就会出现一点小小的故障。出了故障也不怕，大病进医院，小病吃点药就行了。有很多活需要专业的人士来干，但还有一些小小的毛病，也需要自己来处理。

接连两个早晨都是那么的倒霉，一天水管断了，一天下水道堵塞，两个闹心的清晨都已经成为过去。清晨的不快，虽然令人烦恼。但是换一个角度去想，这也恰恰是生活在考验我们的情怀和智商。情绪低的人也许一天都在不愉快中度过，情绪好的人永远抹不去嘴角的那一抹笑意。让我们一起做一个开心快乐的人，不被生活中的不快影响了情绪。

贴窗花

人生天地间，生命是从什么时候开始的呢？是从呱呱坠地之后的第一声哭声开始的吗？似乎是，又似乎不是，人生之初的几年，根本在人生的轨迹中没有任何的记忆。我想每个人的生命都应该从开始有了记忆的那一天才能真正算起，可是又真的很难记得起究竟从哪一天开始有了人生中第一份忘不了的记忆。童年的时光就像一粒种子，种在了时间的土地里，有的种子生根发芽，越长越壮，有些种子可能也就枯萎了。再也找不回那些记忆！

没有人能躲得过童年，没有人能躲得过生命中那些刻骨铭心的回忆。无论后来如何，童年的时光总是值得铭记。童年记忆里，最让人留恋的就是自己的家，自己住过的房子和村庄。

我生在农村长在农村，农村留给我太多的美好，也给了我太多悲惨的记忆。但是记忆有时候自己会选择，只记忆那些美好的，而忽略了那些不好的东西。留在最初的记忆中最重要的是自己的家。记忆中我的家是一座有三间小平房的屋子。

那是一座半砖混结构的房屋，房子的下半段，是用砖垒的砖墙。房顶都是土，到了夏天房顶上会长满杂草，偶尔也会开一些野花。当时的我对房顶的世界特别神往，可是大人不让小孩子上房，后来我上过各种各样的房顶，只有那个土顶的房顶我没上去过，到现在心中还挺遗憾。

三间平房只有中间的屋子有一个门，门是两扇木门，上面有两个铁链，可以挂在门框上把门锁死。因为门框太高，小孩子一般身高不够，无法锁门和开门的。左右两边的房间各有一扇窗户。小时候农村的窗子没有玻璃，只是木头做的窗子，那时候的窗户都很小，不像现在那么大，所以屋里比较暗。别看那时候的窗户小，做得却很精致，木头的窗棂中间留有缝隙，让阳光和空气能够走进屋里。春夏秋三季屋里和屋外温度是一样的，因为空气可以自由出入窗棂。

每当到了冬季，母亲会买两张白纸，把两扇窗户都贴上白纸。贴上白纸的窗户，空气不能再随便出入，室内的光线也更朦胧，别有一番韵味。因为有了窗户纸，从室内不能再看到屋外的景色。小时候在屋里特别的好奇，总想知道外面有什么。小时候最喜欢做的事情，就是用手把窗户纸捅一个小洞，通过小洞看外面的风景。通过小洞看到的风景和平常是不一样的，普通而平凡的屋外风景，透过小洞看是那么迷人，那么吸引人的注意力。每次捅了一个小洞，母亲知道了，就会把我训一顿。母亲总是千叮咛万嘱咐，不要让我把窗户纸捅破，她在冬季经常说的一句话就是："针眼大的孔，牛眼大的风。"到了寒冷的时候，趴在窗户上，真的能感到室外的冷风侵袭着娇嫩的小脸，身上不禁打了一个寒战，对母亲的话也就深信不疑。即使是这样，每年的窗户纸也会被我捅破好几个小洞。等到春暖花开的时候，窗户纸也就被撕破了。

小时候父母不在家，我单独回家是进不去屋的。从大门进去是不可能的，因为够不到门锁也没有钥匙。于是我会在院子里找一块半头砖或者搬一个小板凳到窗台前，蹬着砖或者板凳抓住窗棂爬到窗户上，瘦弱的小手穿过窗棂间的缝隙就能把窗户打开。然后再爬窗进屋，进屋之后第一件事情就是趁父母不在家，找到馒头蘸点油，兴高采烈地吃下去，以为这是就是人间最美好的味道和食物。窗子可以拦住大人却拦不住孩子。以为这是我自己独守的秘密，却没想到这种小秘密终究逃不出父母的眼睛。

到了过年的时候，窗户上会被贴上窗花。窗花是邻居广明大娘用剪刀剪的红纸。窗户的四个角里都会贴上红纸剪的窗花，中间贴一副红纸剪的花盆，花盆上面有着盛开的红花。白色的窗纸上面贴上红色的窗花，顿时让屋内感觉不一样的气氛。每当窗花贴完，我会站在窗前，两只小手拍起来，又蹦又跳，特别的兴奋。也许这就是生命中对美最初的体验吧。

后来木头的窗户换成了玻璃窗户，虽然室内比木头窗户的时候明亮了很多。可是我再也无法通过窗户偷偷地进屋了。反而对玻璃窗有了小小的情绪。再后来父亲在窗户外面安装了钢筋的护棂，窗户有点令人望而生畏了。

玻璃窗上也能贴窗花，可是后来母亲嫌窗花粘到玻璃上，擦窗户比较麻烦，也就不再贴窗花了。我小小的心灵中对美的向往反而被玻璃窗给剥夺了，心中不禁对玻璃窗更加的厌恶。

到了 1988 年的时候，我家的三间土屋被推倒了，又重新盖了五间大房子。窗户也换成了大玻璃窗，依然有着钢筋的窗棂，房间里面非常的明亮。可是窗花却一直没有再贴。似乎到了这个时候已经不再流行贴窗花了。

2000 年我结婚的时候，终于在玻璃窗上再次见到窗花，令我的心中充满了喜悦和感动。窗户的四个角还是原来的窗花的老造型，古朴典雅，透着一种神秘和安详，只不过中间的那一盆花换成了大大的红双喜字。这一个窗花和红双喜字还是邻居广明大娘剪的。我记得小时候还和她学过剪窗花，别的我学不会，只是学会了剪双喜字儿。现在广明大娘已经过世多年了，我的双喜字儿也忘了怎么剪了。现在农村里会剪窗花的越来越少了。剪纸已经成了一门艺术，成了非物质文化遗产，价格已经高得离谱，再也不是普通老百姓能消费得起的了。

现在市场里面还有卖窗花的，只不过已经不再是红纸剪的了，而是换成塑料纸，大批量印制。虽然还是鲜艳的红色，已经不用糨糊去贴了，只需要沾一点水就能贴到玻璃窗上。去年和妻子逛市场也买了几个回来。虽然花色还是那么繁杂，可是心中的那一份喜悦和感动却已经淡漠了。

现在的小孩子再也见不到没有玻璃的窗户，就连故宫的窗户上也都镶上了玻璃。空气再也无法在室内和室外自由流动了。小时候的那一份心动，再也找不回来了。有时候真的不知道这是一种进步，还是一种落后。

真的很怀念房顶上长草的房子，真的很怀念没有玻璃的窗户。现在每扇窗户的后面都有了窗帘儿。可是我更怀念那一扇贴上白纸的窗户。我更怀念那白纸上面贴满了窗花的美好。时光再也无法回到过去，只能把这份怀念永藏在心底。

那美丽的窗花，何时才能再回到我的心中？那对美最初的体验，还会再来到我的梦里吗？

妻子给我出的难题

昨天下午吃完午饭之后没有什么事情，想着应该可以好好地休息一下了，于是躺到了床上。

我和妻子一人一台电脑，我的电脑在书房，妻子的电脑在卧室。妻子一上午忙着做饭，没有编辑微信公众号。我躺在床上看到妻子坐在电脑前，开始编辑微信公众号的内容。

躺到床上我翻看着莫言的《晚熟的人》。这是莫言获得诺贝尔文学奖之后出版的第一本书。

看到书中精彩的内容我会心地笑起来。也许是妻子看我高兴了，在那边一边鼓捣电脑一边说："今天下午没有什么事情，陪我去买个棉袄吧。"

我吃了一惊，真是应了那句老话了，女人身上永远缺一件衣服。于是说："你有那么多棉袄，还用买呀？"

"我哪里有什么棉袄呀？"妻子头也不抬，调皮地反驳道。

"去年给你买的那件貂皮大衣，一年穿不过三次五次的吧。前年你买的那件黑棉袄，花了那么多钱，一年也穿不过十次八次的吧。还有那一件羊绒大衣，你也不经常穿。"我开始一一给她列举她的高档服装。普通的服装我就不说了。

"哼，老抠！我总是感觉自己缺一件棉袄穿。"妻子一边愤愤不平一边撒娇地说。

“那你想买就买吧。”看妻子有点不高兴了，我也只能无奈地说。

“让你这样一说又不想买了。”妻子似乎有点不高兴了。

其实妻子也就是说一说，她说过很多次了，想去买一件派克服，恕我孤陋寡闻了，真的不知道派克服是一种什么东西。而且她前段时间也已经去看了，价格也并不算很贵，但是她没有舍得买。这一次她问我的意见，目的就是想让我帮她下决心。结果我说了这样的话，她心中肯定不高兴了。

其实我说的也是真心话，我感觉妻子的衣服够穿了，衣服太多又穿不着，放着也是可惜了。但是居家过日子不能让妻子不高兴呀，于是我又劝她去买。

“要是不去买袄的话，我就去做一次美容吧，人家现在女的都流行做美容。买棉袄还是做美容，你选择一样吧。”妻子在电脑前幽幽地说。

是不是每一个女人都会给丈夫出难题呀？我家这一位平常通情达理的人，今天似乎非要给我出难题。其实和买棉袄比起来，我更讨厌做美容。爱美之心人皆有之，这个咱们能理解，但是我就担心妻子到美容院和那些女人学坏了。也许是我小心眼了吧。妻子既然把问题抛给了我，还在等着我的答案。我看着她脸上坏坏的笑容，也知道她这是故意气我。我是真心的疼妻子，不想让妻子生气，我自己更不能生气。于是笑着说：“你想怎么办就怎么办吧。”

妻子气完我之后没有再言语。也是因为这两天没有休息好，我竟然躺在床上迷迷糊糊地睡着了。等我睡醒一觉之后，看到妻子还坐在电脑前。于是问她道：“还没有弄完吗？”

“早就弄完了，你看你睡在床的正中间，哪边儿都睡不开我了，看你好不容易睡着了，也不想打扰你。”妻子气愤地说。

我看了看自己的睡姿，真的睡在了床的中间，左面压着被子，右面留的地方太少了，这么大的床真的没有妻子休息的地方了。于是不好意思地挠着头笑了。

“起来吧，起来到医院给你查一查去，别再往后拖了。”妻子一边叠被子，一边催促我起床。这些天身体状态一直不很好，休息的时候经常脖子和腋窝里会出汗。妻子一直提议我去医院查一查身体，我有点讳疾忌医，一直不愿意前去，担心真的会查出什么疾病，又心疼没有查出什么疾病还花费检查费。这要是在以前我肯定又会反对，这一次刚刚惹了妻子不高兴，就别再固执己见了。于是默默地起床，默认了妻子的提议。

还好，到了医院检查结果没有什么问题，也让这些天的担心烟消云散。

妻子给我出的难题也不再提起。我今天上午要写这篇文章，不知道妻子要买的那个棉袄叫什么名字，于是去问妻子，妻子语气坚定地说：“不要了！”

大儿子在一旁帮腔：“我妈喜欢你就给她买啊。”臭小子懂得讨好妈妈，他的一句话，妻子的脸上开满了鲜花。

“我没说不买呀。”我也笑着说。

“下一次无论想买什么东西不和你说了，来个先斩后奏。”妻子也笑着说。

其实花点钱真的不算什么，难得的是这份家庭的融洽与和谐。欢乐有时候是花钱买不来的。我花钱买书，妻子花钱买东西，都是为了生活中的这一份欢乐。不要心疼钱，钱去了还会再来，钱就是流动的，我们要的是生活的安宁与和谐，我们追求的就是生活的欢心和快乐。

让生命更美让生活过好，这不就是我们一直追求的吗？妻子愿意去做美容就做吧，愿意去买东西就买吧。女为悦己者容，士为知己者死，哪一个妻子不想在丈夫面前展现自己的那一份美丽呢。想做的事情就去做吧，该干的事情就去干吧。生活中不差几百块钱，难得的是这份温馨和从容、安心和快乐。钱没有了还可以再赚，快乐没有了可就再也找不回来了。

假期中的孩子好可怕

假期又来了，昨天我们家老二也放假了。根据多年来的经验，孩子上学的时间过得很快，可是短短的假期总是显得那么缓慢而悠长。

孩子的假期到了，需要给孩子报个培训班了，假期之前，就已经有很多培训机构在联系我，想让孩子去他们那里上培训班。各种各样的培训机构，联系得多了也就心烦了。让孩子去哪一个培训班也就成了一桩心事，一直埋藏在心里。我家老大在一个培训机构找了一份当助教的假期工作。因为老大是山东师范大学的学生，找这样的工作还是比较轻松的。我们想着让老二跟着哥哥去。这样的话来去也方便，还有哥哥管着会更好一点。可是老二偏偏想和同学一起去上培训班，这个小家伙的心思也很简单明了，和同学在一块儿可以打打闹闹，学习起来可能更轻松愉快一点，还可以不受哥哥的管束。都想自由一点，这个想法可以理解，也可以支持，所以最后还是按照老二的要求给他报了另一家培训机构。

现在的培训机构价格基本上都是透明的，要涨都涨，要降都降。所以选择哪一家培训机构，价格已经不是重要的了。各个培训机构都说自己招的是一线名师来讲课。至于真的是一线名师还是一些假冒的就不可知了。别管是真是假，也别管花钱多和少，把孩子送到培训班，不仅仅是为了孩子学习，也是为了家庭的安宁祥和，因为孩子在家时间长了肯定搞得家里鸡飞狗跳。家里面的诱惑太多了——手机、电脑、电视。现在的孩子要求也高了，有手机不看电脑，有电脑不看电视，有了手机、电脑、电视，也就不看书了。看着孩子玩手机，管吧，生气！不管吧，闹心！

我点上一支烟，沉思着今天的文章应该写些什么内容。就在我冥思苦想的时候，外面传来了妻子的吼声。孩子吃完早饭就把他妈妈的手机抓到了手里，熊孩子总是这样不让人省心，耍赖皮脸。说好的玩半小时手机，到了时间和他要手机，他说再玩10分钟。过了10分钟和他要手机，他还继续耍赖，说要玩完这一局才可以。大人的耐心都是有限度的，忍无可忍的时候就得吼。可是现在孩子已经成了半大小子，身高已经超过了父母，也是有脾气的。原来的简单粗暴的管理方式已经不解决问题了，单纯靠吼的方式只能让家里乌烟瘴气，不得安宁。

听到妻子的吼声我并没有过去，妻子在吼，孩子在急，我知道这个时候我如果过去了肯定是火上浇油，让事情更加难以收场。我偷偷地看了一眼，妻子看吼不解决问题，又伸出手去从孩子手里抢夺手机。从一开始的风平浪静到抢夺手机，气氛进入了最高潮。你吼，孩子比你还牛气，你抢手机孩子根本不撒手。这个时候比的就是谁能坚持、谁有耐力。孩子毕竟有点心虚，看老妈来真的，也就气愤地松开了手，心不甘情不愿地气鼓鼓地去找自己的书包写作业去了。走的时候不忘随手把我的手机拿在了手中，我的手机里面没有游戏，也不允许他在我的手机里面下载游戏。他拿我的手机一边写作业一边听音乐，似乎已经成了他的习惯。为了息事宁人，我并没有阻拦他拿我的手机。

还好孩子明天就去培训班了，再也不用闹心了。其实给孩子报个培训班，也并不真心指望孩子在培训班里能学到多少东西。在学校都是真正的一线名师，而且有大把的时间，孩子该学的已经学得差不多了。假期报班，第一是因为别人都报，第二是想为孩子找一个地方打发时间，让家里能够安宁祥和一点，因为真的不想和孩子一直在家里天天吵架。

平常辅导孩子写作业的家长都心知肚明，孩子有多么可怕。更何况到了假期呢。今天仅仅是假期第一天，我已经和孩子怄了一顿气了。如果没有培训班，天天和家里的孩子置气，这日子简直就没法过了。

有时候也真的很奇怪。为什么非要给孩子放寒假和暑假呢？放假是为了让孩子和老师休息。可是放了假的大多数老师并不休息，孩子也根本不休息，都需要花钱去辅导班，在家里也反而更是让人不省心。

小儿子去写作业了，家里又恢复了安静。假期的孩子很可怕，不仅是我家的孩子，和其他的孩子比起来，我家的孩子还算好的。

好不容易放假了，还要去上辅导班，好不容易不用去学校学习了，还需要在家里写作业。看看现在孩子的苦和累，真的很怀念我的过去，我小的时候没有培训班，放学之后还帮家里干活，家长基本上不关注孩子的学习，我们也不把成绩太放在心上，真的是无忧无虑、开心快乐。当时虽然贫穷，但是我的童年是快乐的。

真想放任不管，给孩子一个快乐的童年，可是又担心孩子有了快乐的童年，会有一个困苦焦虑的成年。算了，管孩子太挠头了，还是把这个艰巨的任务交给妻子吧。

游览任克薄故居绮园

早在元旦的时候就已经听说了任克薄故居开放的消息，一直想去，可是一直没有去成。因为忙于闲事杂事很久没有去东昌古城了。昨天小儿子没有去辅导班，他在午饭的时候提议下午去逛逛古城。儿子的提议得到了妻子满口的应承，因为担心小家伙在家里总是手机不离手，还不如带他出去转一转。

从小区门口坐上 351 路公交车，到达铁塔商场西面的终点站下车。也就到了古城的东北角了，下车之后向南过桥，再走过东升桥就是古城了。下车之后的风景很美，向西是碧波荡漾的环城湖，向南是原来的铁塔体育场，现在的护国隆兴寺。流淌了千年的京杭大运河，在这里安静地卧着。这里又是一处京杭大运河和东昌湖连接的地方。视野开阔， 湖河相连，风景优美。

过了东升桥沿着湖边缓步向南走，河的对面是清真寺和回民居住区，清真寺的尖顶倒影在水中，非常美丽。走到红星街，看到了我的母校聊城四中。整个红星街除了聊城四中还是原来的老模样，其他已经都变得不认识了。古城改造，到处一片古色古香。原来的武装部已经搬走了，原来的老聊城市委也已经没了，带给我太多欢乐的红星影院也已经消失了。我们从东往西走，大约也就两百米的样子，就到了任克薄的故居——绮园。

任克薄，清顺治四年（1647）进士，今山东聊城东昌府区人士，生于1641年，卒于1703年，享年八十九岁。清康熙年间刑部侍郎，授尚书衔。闲职归家时候，在故居修建绮园，教子读书，颐养天年。东昌五大家，任邓朱傅耿，任家居首位。

据《聊城县志》记载，康熙皇帝南巡途经聊城就居住在任克薄的绮园内。绮园属于私家园林，里面的景色非常优美，亭台楼阁，小桥流水，假山怪石，苍松翠柏，梅兰竹菊，都是既应景又应心。走在里面让人神清气爽，心情放松，看着古色古香的景色，令人不免发思古之幽情。

绮园在1951年开辟为公园，1958年，时任山东省委第一书记的舒同题名为“人民公园”。当时院中还有古代遗留的水坑、唐槐等景物。其实我也是这两年古城重修才知道这个地方是任克薄的故居。从我在聊城四中上学开始，一直只知道它是古城里面的一个小公园。公园不大，加上位置比较偏僻，游人也不多，关于这个公园，曾经给我留下了刻骨铭心的记忆。

走在绮园清幽的环境中，我的思绪总是回到过去，眼前的景物也不再熟悉，改造得已经面目全非了，也许是为了恢复三百年前的格局。

任克薄的故居建得非常好，我不知道三百年前什么样，看看眼前的景色，也许能够想象到。唯一的遗憾就是游人太少，真的感觉和三十年前一样，整整一个下午，整个故居里面除了保安好像就我们一家三口。花那么多的代价恢复了故居的模样，怎么才能利用好呢？也许这不是我应该考虑的问题了。

生活小景

午餐摆上了桌，饭菜虽然算不上丰盛，但也不是太差。妻子做了一个白菜豆腐，是用剩下的红烧肉汤做的，里面有用红烧肉汤浸泡的豆腐和鸡蛋，也都是平常爱吃的。喝的是八宝粥，熬得也比较烂。可是看着桌上的饭菜无来由地没有胃口。呆呆地看着饭菜发愁，不想动手也不想下口。就这么呆呆地看着。

“怎么了？”也许是看我久久不动筷，妻子奇怪地问道。

“今天中午没有胃口，不想吃饭，一点儿也不觉得饿。”我也奇怪为什么这样，于是有气无力地回答道。

“不想吃也得少吃点儿呀。”妻子的口气也是有气无力，而且包含着无奈的成分。

我敷衍了事地夹了两口菜，似乎吃这顿饭只是为了应付公事，不得已而为之。母亲也用奇怪的眼神看着我，眼神中有焦虑，有关切。我最害怕母亲的这种眼神，但是真的不想吃馒头了。看到盛馒头的筐子里面有昨天剩下的四个水饺。于是夹起水饺放在嘴里咀嚼着。

我吃了三个水饺，喝了一碗粥，夹了几口菜，还吃了两块豆腐。按理说吃得也不算少了。整天坐在电脑前又没有活动，特别是整整一上午，几乎没有什么运动。能吃这么多东西，我已经很知足了。

下午在书房里坐着，先是母亲过来关切地问，中午为什么吃那么少？后来母亲把中午饭吃得不多的消息告诉了父亲，父亲又到书房里来问我为什么中午没吃饭。母亲的询问我已经有点无奈了，父亲的询问更令我茫然，少吃一点饭似乎成了多大的事情。我中午只是吃得比平常少一点点而已。在母亲眼里就是吃那么少的饭。到了父亲的耳中，却已经是中午没吃饭了。

妻子看我中午饭吃得少，也非常关心，下午很早就问我晚上吃什么饭？我想晚饭简单一点就可以了，现在身体真的不缺营养。于是对妻子说，要不就擀面条或者包馄饨吧。虽然我喜欢吃面条，但自从父母来到了城里，我们家的晚餐很少吃面条了。因为父母爱喝粥，爱喝玉米糊。早晨和晚上基本上不是大米粥，就是小米粥或者是八宝粥。而且单纯的玉米糊还不行，还要在里面加上地瓜、胡萝卜或者是山药。为了老人我只有牺牲自己的爱好，很少提出来吃面条。

上午我一般都很忙，没有时间运动，下午的时候总想出去走一走，一是为了锻炼身体，二是为了散散心，让高速运转了一上午的大脑也休息一下。昨天又要为三位朋友邮寄我的书，签完名盖完章之后和妻子一块儿去寄书。原计划是把书邮走之后，就出去走一走。可是昨天的聊城风特别的大，虽然不是刮在脸上生疼的那种寒风，但也不是吹面不寒的杨柳风。这么多年一直在室内，很少经受风霜雨雪的洗礼。这种大风好久没有经历了，妻子看风太大，怕我的身体受不了，于是提议先回家。我似乎成了弱不禁风的林黛玉，心中只能苦笑。不过我也担心这种大风伤身体，在这么大的风中散步，心中一点也不愉快，身体一点也不舒服，还是回家去吧。

傍晚的时候，一位同学来找我玩。我俩正在书房里说话，电话铃声匆匆地响起。我一看是我家老大打过来的。电话接通之后语气一点也不客气，不愧是亲生的儿子。“爸，快给我转点钱，我去超市里买点东西吃。”

“要多少钱呀？儿子。”

“随便，你看着转点就行。”

我同学在旁边还帮助孩子说话，生怕我拒绝了孩子的要求。

我同学说：“快点儿给孩子转钱，现在这么大的孩子手里不能没有钱，至少不能少于一千元钱。”

其实我非常的宽容，从来不拒绝这样的要求。但是假期之中让孩子有一千元钱，似乎也超出了我的心理。不能断了孩子的零花钱，但不能养成孩子奢侈的毛病。于是我在微信上给儿子转了一百元钱。不长时间儿子提着一大包零食，高高兴兴地回家了。哥儿俩高高兴兴的，一边看电脑一边吃零食。

时光有情，家庭有爱，俗话说得好家和万事兴，没有什么比家庭和睦，家人快乐再重要的事情了吧。时光缓缓地流淌，别管春夏秋冬，无论风霜雨雪，在枯燥乏味的日子里，生活中总是有那么多微小的事情被忘记，又总是有许多细小的事情值得被铭记。

怀念乡村小院

生在农村，长在农村，知道农村的疾苦，也明白乡村的快乐。

农村的鸡零狗碎，嬉笑怒骂，家长里短，见得多了，也就了无兴趣了，甚至心烦意乱。小小的心灵，憧憬着城市的高楼大厦，电灯电话，窗明几净，衣着光鲜。

跳出农门有多难，不是三言两语就能说清楚的，即使长篇累牍也说不清楚，但是每一个农村的孩子，都想走出农村，走向城市。历经磨难，历尽艰辛，终于从农村走进了城市，走进了车如流水马如龙的城市大街，走进了钢筋水泥铸成的鸽子笼。在城市待的时间长了，心中反而一点也不安详，充满了浮躁，充斥着焦虑，更多的时间是无奈和无聊。

昨天和同学在楼下说话，他动情地说："现在的人不知道怎么了，都奔着城市的房子使劲，弄得房价就像气球一样疯狂，城市的房子有什么好，农村的风光多好，到时候在你的老家，给我留上两间房，等着我去住。"

其实不用同学说，我也早就有了想逃离城市的冲动。只不过孩子上学，没有办法来一场说走就走的旅行。我早就想去大自然里面透透气，让心胸不再郁闷和压抑。

坐在书斋中，望着窗外一角的天空，我有点怀念小时候的天空，又想念我的乡村小院了。

乡村的空气是清新的，能呼吸到空气中的花香和甜味。小时候的院落虽然是泥土的，可是打扫之后是那样的干净整洁。小时候的乡村道路也是泥土的，可是尘土飞扬的时候并不是很多。光着脚丫踩在土路上，心中是那样兴奋，似乎整个天地都是为我而生。

老家的小院，春天有花，夏天有瓜，秋天有果实在枝头引诱你的味蕾，冬天有白雪让草木白头。从草木上面掬一捧雪在口中，让你感觉生活真的别样的美好。一年四季，院落是安详的，心也是安静从容的。

我记得曾经说过，每一个人心中，都有一个田园梦想，为什么呢？就是因为这一份难得的安静和从容。

清早唤醒你的不是闹钟，而是清晨中一阵阵的鸡鸣，天还没有亮，公鸡已经感觉到了黎明的临近，引吭高歌，告诉你新的一天即将来到。当你从睡梦中醒来，周围是静悄悄的，那一声声或高或低、或远或近的鸡鸣，就是晨光中最动听的音符。

白天的时光也很安详，有风的时候，你就听风吹树叶发出的沙沙声；有雨的时候，你就听那穿林打叶声，或者听雨滴从房檐上低落，滴答、滴答的声音；没有风也没有雨的时候最多，你就静静地享受阳光的洗礼，小院不大，一年四季都有阳光洒落，不像城市的楼房，连阳光都成了稀客。傍晚来临的时候，家家户户飘起炊烟，好闻的草木燃烧后的香味弥漫在空中，踏着落日的余晖，伴着悦耳的鸟鸣，归家就成了最美好的事。

夜色朦胧的时候，乡村的黑暗让月光更明亮，让星光更璀璨，皎洁的月亮高悬在半空，天上的星星眨着眼，似乎在向你倾诉自己的心情。偶尔的狗吠声，更增添了乡村的意境。“鸡鸣桑树颠，狗吠深巷中”，多么令人神往的意境。“柴门闻犬吠，风雪夜归人。”多么令人动容的情景。

老家的小院也在变换，猪圈慢慢消失在小院的一个角落，在原来猪圈的地方，瓜果蔬菜多了起来，开花结果的时候，可以经常吃到无公害的蔬菜。慢慢地牛圈也没有了，牛圈的地方栽上了小树，一棵柿子树、一棵梨树或者是桃树。老的枣树被砍伐了，又移栽了一棵冬枣树，那甘甜多汁的冬枣，让岁月更加甜蜜从容。东边的院墙旁边多了两棵香椿树，每年的春季，香椿芽又成了好东西。

无论岁月如何变化，老家的小院依然在那里，等待着我的归去。这也是我一直魂牵梦绕、心向往之的地方。有房有院，有天有地，有春夏，有秋冬，有阴晴有雨雪，有风花雪月。有声音，有味道。

记忆中的报刊摊

小时候的爱好就像一粒种子，种在了心上，也种在了时间的长河里，心中虽然没有泥土，但是种子照样会生根发芽，也许能够开花结果把。喜欢读书，喜欢文字，喜欢油墨的馨香，喜欢打动心灵的语句。这个爱好从小时候一直保持到现在。我曾经在文中说过多次小时候买书的故事。那时候生活困难，经常把结余的生活费攒出来，去买自己喜欢的书。现在生活好了，经济上不再拮据，买书成了我最大的爱好之一。

小时候最喜欢看的是各种期刊和杂志，到现在我还一直订阅着《读者》杂志。也给儿子订阅《读者》校园版，今年的订阅里面又增加了一本《微型小说选刊》。前两天在网上一狠心又订阅了《人民文学》《小说月报》和《散文》。喜欢读书的毛病看来是改不了了，但是阅读需要大量的时间，尽量把碎片时间利用起来读一读小说和散文吧。

看着《散文》里面现在的文字和封面，我的思绪又回到了二十世纪九十年代的初期。

那个时候我正在聊城四中读书。学业闲暇的时光，爱和同学一块儿结伴儿出去。走到古楼东面的楼东大街的邮局，因为邮局的门口有一个书报摊。

摆报摊的是一个五十岁左右的老太太，身材微微发福，非常的慈祥。她坐在一个带靠背的马扎上，静静地看着我们选书挑书，只是静静地看着，从不给出自己的建议。琳琅满目的杂志就摆在她的小三轮车上。我们到那里去的目的就是到这个小书摊去看一看书，买一本自己喜欢的书。那时候和我同去的一般都是我的同学赵文鹏，我们两个都喜欢读书，特别喜欢散发着油墨馨香的《散文》。在花花绿绿的杂志中美女帅哥的封面里有这样一本《散文》，特别的清新悦目，它的封面一般都是淡黄色或者白色的，上面的图案也比较清新高雅，没有什么美女帅哥。但是依然深深地吸引着我们，让人久久不愿意离去。

我们走到那里首先会找出《散文》，然后打开翻阅一遍里面的目录和内容。同学赵文鹏最喜欢购买这本杂志，因为他的家庭条件比我好，他买了我也能看。但是他买书有一个特点，就是看一看这本杂志里面有没有名家或者大家的散文，如果有的话他就买，如果没有他可能就不买了。

那时候的《散文》杂志里面的文章读起来都特别轻松愉悦，文字似乎有了灵性，无论是插图还是文字，都给人一种赏心悦目的感觉，真的能够陶冶情操、净化心灵。

那个时候街头的报刊亭还是比较多的，卖各种书报杂志，像《人民文学》《收获》《当代》《十月》《小说月报》《小说选刊》等等各种文学期刊都深受我们的欢迎，可惜囊中羞涩，只能捡便宜的买。于是《青年文摘》《读者》和《散文》就成了我们的最爱。

无论是春夏还是秋冬，无论是上午还是下午，只要有时间，我们总喜欢去报刊摊。去欣赏那琳琅满目的杂志，去寻找心灵的安慰和慰藉。在文字里面我们可以忘却自己，忘却现实。忘却了身上的破衣褴衫，忘却了学习生活中的烦恼和忧愁。那个时候，何以解忧，唯有文字。

高中的生活说快也快，说慢也慢，匆匆之中就这样过去，却始终留在我的记忆中。后来也喜欢其他的报刊亭，但是因为囊中羞涩，买书渐渐的就少了。就连我最喜欢的《散文》和《读者》也渐渐离我而去。

人生在世吃穿二事，但是衣食足，温饱有了之后，总感觉生活还缺少点什么，就是缺少油墨的馨香，就是缺少文字的灵性，所以经济条件一旦稍有允许，我又把自己喜欢的各种杂志捧在了手里。

我不知道书报摊是什么时候消失的，但是后来又去了很多次，书报摊的确是没有了。不仅仅古楼东大街的书报摊没有了，就连原来街头经常看到的报刊亭也已经慢慢没有了身影。就算偶尔看到一两个报刊亭，也已经不以销售书报为主要经营项目了。现在的报刊亭主要销售饮料、食品和副食品了。原来摆在最醒目位置的书报也已经退居到了小小的角落。

随着网络、手机的普及，纸媒越来越淡出了大众的视野。现在的孩子们别说晦涩难懂的文字了，就连轻松愉悦的文字也很少看了。

记忆中的报刊亭已经没有了，但是生活还要继续下去，文字还要继续下去。

长恨冬归无觅处

昨天的一场北风把天空清洗得干干净净，让阳光也是那么的明媚和清澈。原来风和水一样，也有清洗的功能，甚至比水洗得都干净。看着室外的天空，碧空如洗，万里无云。望着窗外的景色，心情是那么安宁。远处的楼房显得那么近，树枝是那么清晰，树枝上的鸟巢沐浴在金黄色的阳光下，显得是那么安静和从容。蓝蓝的天空下偶有鸟雀飞过，让寂静的天空一点也不寂寞。似乎昨夜的一场北风把世间的喧嚣也给刮跑了。天空的蓝是那么深邃、那么静谧、那么神秘。

望着神秘的天空，看着绚烂的景色。忽然间就有点神思恍惚了。明天就是立春了，今天是这个冬天最后的一天。2020 年的冬天就这么过去了，可是这一个冬天还没有见到银装素裹。我想冬天的精灵应该是雪花吧，可是我可爱的雪花跑到哪里去了呢？是风把雪花给刮跑了吗？是太阳把雪花给蒸发了吗？也许雪花曾经在空中已经成型，还没有来得及落到大地上，就已经被阳光给融化了。特别喜欢冬日的暖阳，可是我更钟情雪花，暖阳和雪花是矛盾的，怎么才能集合到一块呢？

我喜欢皎洁的月光，也喜欢阳光的灿烂。皎洁的月光能让心情安静，灿烂的阳光能让心情舒畅。生活中有着太多的无奈和悲哀，在无奈和悲哀中，我去寻找安静和舒畅。我的心中常常充满忧郁，我的脸上却常常有微笑在蔓延。忧郁和微笑也是一对矛盾。我们用微笑来化解忧郁，我们用忧郁来稀释欢乐。我们可以亲近冰雪，我们也可以靠近烟火。我们有时候只想着自己需要什么，却往往忘了天空需要什么、大地需要什么。

昨天看了一篇小小的文章，文章中把写作划分为三个层次，第一个层次就是写生活中的所感、所想、所经历，就好像在记流水账，也好像在写日记。第二个层次就是文章何为时而作。为了这个社会，为了这个世界，为了宣传人间的正能量。第三个层次就是为了孤单，为了寂寞，为了灵魂而写作。写作的目的是为了让灵魂能够得到解放。可是我又继续往下想，灵魂又是为了什么呢？

这个世界上有很多问题没有回答，还有很多问题有很多的答案。人和人不同，事和事不一样，时间不同环境不同，看问题的出发点和角度也就不一样。

写作是兴趣吗？也许是。文字是爱好吗？也许不是。一旦把兴趣变成了职业，兴趣也就成了孤单无聊寂寞的代名词。当爱好变成负担，压得人喘不上气来的时候，爱好，也就失去了存在的意义和价值。

日子不会一直风和日丽，大海也不会一直波翻浪涌。时光的脚步也不会一直地安详从容。春有百花秋有月。其实夏天和秋天照样有很多的花朵开放。甚至就连冬季也有梅花傲雪绽放。秋天有月，春天冬天也有月光闪烁，有时候夏天的月亮也并不会比秋天晦涩。

窗外依然阳光灿烂，甚至阳光都不仅仅局限在室外，悄悄地走进了屋里，将室内也渲染得一片明媚。耐得住寂寞，才能守得住繁华。没有了冬季的冷清，也不会有春季的热闹。趁阳光正好，趁岁月不老。咫尺即天涯，趁诗酒年华，还是杯酒人生吧。

故乡的河流

“蒹葭苍苍，白露为霜，有位伊人，在水一方。”水的那边究竟有什么呢?

住在大山里的孩子，总是神往山的那一边，住在水边的孩子，总是向往着水的另一方，住在河边的我，也总是向往着河的那一边都有着什么样的人和物。

在我小时候的记忆中，小村庄十分闭塞，没有见过汽车，村庄的东边是一条大河，由东南向西北流去。村庄向南，是一条小河，给西面的沙镇和大张乡送水，一开始的时候没有扬水站，河水是自然向西流淌，可是整个地势和中国一样，西高东低，让水自然流淌很难，河中又都是流淌的黄河水，经常淤积堵塞，所以后来在大河与小河连接的地方建立了扬水站。后来上学学习地理知识，书上说中国的河流大都是从西往东流，我还奇怪不服气，我们村的两条河，一条向西北流，一条向西流，怎么能说中国的河水大都向东流呢？后来想一想才想明白，天倾西北，地陷东南，整个中国的地势都是西高东低，河流大都发源于西面的雪山，长江黄河都是从西往东流淌。

大河的名字我记得上小学的时候在课本里面的地图上标注的名字是京杭大运河，让曾经小小的我的内心还很是自豪，以为我的家就在千年大运河的旁边，后来才知道，真正的京杭大运河还在东边，我们村旁的这条河现在叫作三干渠，承担着为河北，天津和北京送水的任务，小时候一个名词很流行“引滦入津”，说的似乎就是我们村边的这条河。前面的小河就以我们村庄的名字命名，叫作小扈河。从大河往西大约有一千米的距离，分了两个叉，一条给大张乡送水，一条给沙镇送水，后来聊城市东昌府区合并乡镇，现在大张乡已经合并到了沙镇。

隐者乐山，智者好水，我们这里属于鲁西平原，东昌府区什么都好，唯一的遗憾就是没有山，我的老家属于平原，我长到十多岁都没有见过真正的山。似乎一直到了上大学的时候，才看到过真正的大山。没有山也行，山河总要占一样，因为有了河，我对水才非常的熟悉，常在河边玩的孩子都会水。小时候，我和我的小伙伴经常在河边玩耍，大家别管是狗刨，还是仰泳，或多或少都会，也从来没有听说过掉进河里淹死过人。村庄距离东边的河近，最近的距离也就是几十米远，向北去比较远，大约有百十米的距离，在小小的我眼里，就已经是很远的距离了，小时候村庄东边的河上并没有桥，北面刘庄村有座桥，距离我们村大约有二里地。我们出门之后，到河边去一般都往东去，往北去的时候很少，一是因为距离远，二是因为北面几乎没有路可走。

后来听父亲说起过，这条河一开始并不存在，到了 1959 年的时候，才挖的大河。我们村原来都是盐碱地，小时候没有绿色的季节，大地望上去一片白茫茫，地面上都是盐和碱的白色，盐碱地里几乎不长庄稼，祖辈们就靠晒盐卖盐为生，后来有了大河，有了黄河水，有了黄河水里的泥沙，把盐碱压了下去，我们村的人才开始种地。在我的印象中，只有靠近河的地方才种庄稼，其它地方大都是盐碱地，生长茅根、杂草、小碱蓬、灰灰菜等耐盐碱的植物。我们村原来的地一点也不平整，经常听到大人说什么家前岗子、家东岗子和家西岗子，都是高低不平的地块，后来修建京九铁路，需要用大量的土来修筑路基，把这些岗子上的土都运到村子西面修铁路了，整个村里的土地才平整划一。土地平整划一之后，再加上黄河水的灌溉，现在整个村庄的几百亩土地，全部成了良田，原来大片的荒地，现在都种上了庄稼，因为地下水含盐量特别大，不能用地下水浇地，所以还是不能种植蔬菜和水果，田地里面的农作物到现在基本上还是以小麦玉米为主。

大约是在二十世纪八十年代，河上终于修好了桥，就在我们村的东北角修的桥，出门向东向北，再也不用绕路走了，交通似乎好一点了，但是整个村庄依然特别闭塞，向南走需要过小扈河上的小桥，进城要走村北的大桥，向西一直走有一条道到沙镇，就是需要过京九铁路的铁路涵洞桥。整个村庄就这三座桥可以外出，进村也必须走这三个桥。原来家家户户没有汽车，桥不显得狭窄，现在感觉原来的桥都修得太小了，特别是西边的铁路涵洞桥，只能过一辆汽车，错车都错不开。

有了河，也就有了水，有了水，也就有了鱼，在那个缺吃少穿的年代里，肉几乎是见不到的，只有过年的时候才吃顿饺子吃点肉，到了夏天春天，青黄不接的时候，美味的鱼肉可以打打牙祭解解馋。女孩子可能无所谓，没有一个男孩子不喜欢下河摸鱼，河边钓鱼的了。在河里摸鱼，就是童年最美好的记忆。

虽然有了河，可是河里并不是什么时候都有水，一般开春的时候，往天津北京送水，才有水，冬季的大河一般都是干枯的，冬季天寒地冻，小孩子也很少到河边，只有夏天，河里才成了孩子们的乐园。水大的时候，下河游泳玩水，水少的时候，下河玩水摸鱼。每年的夏季，因为下河玩水，村里的小伙伴都挨过母亲的责骂、父亲的责打。有时候夏季上学枯燥的时候，竟然也敢逃课去下河玩。我们小时候上学，没有寒假和暑假，一年只有两个假期是麦收假和秋收假。炎热的夏季坐在教室里，没有空调没有电风扇，再加上午后的漫长时光真的很难熬，几个小伙伴相约逃课下河去玩大约是每年都有的事情。老师知道了不会轻饶，而且还会告诉家长，学校就在我们村子里，老师也是我们村子里的，彼此都很熟悉，老师很轻易就能转告家长，下河回来，想不承认是不行的，因为父亲会在皮肤上用指甲划一道，皮肤会出现一道白色印记，这就证明去下过河。到现在我也不知道这种做法是否科学。可是那个时候，皮肤上画出来白色痕迹后，就证明去下过河了，一顿责罚是免不了的。现在想一想也没有怎么责罚，就是挨训一顿，保证下不为例即可。

我们那时候胆子都特别大，夏天河里有大水的时候，我们敢从桥上面的栏杆上往水里跳，就像跳水运动员一样，站在高处往水中跳跃，必须水大的时候才可以。记得有一年，我六叔因为受了什么委屈，离家出走，大家找了好半天找不到，爷爷还担心六叔想不开跳河了，我小小年纪拍着胸脯向爷爷保证，绝对没事，跳河不用害怕，我们经常跳河，根本没有一点危险，因为河边的孩子都会水，六叔也会，就算从桥上跳下去也肯定不会有危险。后来六叔完好无损地回来了，闹得大家虚惊一场。

夏天最喜欢的事情不是玩水而是摸鱼，摸鱼是在没有大水的情况下，水面也就膝盖深的时候，我和小伙伴们会脱光屁股在水里摸鱼。坐在水中间，岔开双腿，用双手把水向着裤裆里面划拉，不大一会儿，就有鱼钻进裤裆，想从屁股底下钻过去逃跑，用双手抓住鱼鳃，鱼在水中身上很滑，一般的时候抓不住，有时候抓住了鱼也会活蹦乱跳地奋力挣扎，只有扣住鱼鳃，鱼儿才会乖乖被擒，抓住鱼后立即起身上岸，在岸边用手挖一个小坑，坑距离水面不多远，用双手从水面向坑里刮水，坑里面有了水，再把鱼放在坑中，好不容易抓条鱼，一般不会轻易让鱼死去。那时候一般摸到都是鲫鱼，三五条鱼拿回家后，小点的鱼母亲会放点面粉裹起来熬鱼汤喝，如果鱼大一点多一点，母亲也会把鱼裹上面粉放在油锅里面炸一炸，金黄酥脆，特别美味。一般小鱼居多，也摸不上来几条，要的就是逮鱼的这种乐趣，现在想起来还十分的怀念。

农村的孩子，一般都是严父慈母，不像现在城市的家庭，大都是虎妈猫爸。小时候父亲特别严厉，孩子犯了错误不用动手，只需要一瞪眼就吓得我们不得了。记忆中父亲从来没有打过我，母亲也没有打过我们，可是母亲却说，她曾经有一年的夏天，因为我在河里抓鱼忘记了吃饭，动手打过我一次，打完之后我哇哇大哭，母亲也哭了，小时候听母亲讲过这次挨打的经历，现在依然模模糊糊记得。应该是一个夏季的中午，我在大河桥的北面逮鱼上了瘾，忘记了时间，那时候是没有表的，看时间一般都是看太阳是不是到了最南面，一般的时候，太阳到了正南的方向就是中午，太阳偏西就是下午一点多到两点。吃午饭的时间一般在十二点半多点，可是大河的走向是东南往西北方向，在河里看太阳判断时间，真的就判断不准了，抓鱼的小男孩都比较上瘾，那天抓的小鱼特别多，也就忘记了时间。等我浑身泥土提着一串用河边水草穿起来的小鱼兴高采烈地回家时，本以为会受到母亲的表扬。那天上午母亲去家前的地里面浇地，但是母亲惦记孩子在家，也没有心思看着浇地的水不被漏走，回家已经很晚了，母亲做完午饭迟迟等不到我们，不知道我在河里逮鱼，到处找我吃饭找不到人，到了地里一看浇的水因为漏水都跑没了，所以当时母亲正在气头上，看到我回家之后非但没有喜悦，反而把我打了一顿。还好那天晚上下大雨，泡了水并没有影响庄稼的生长。

老家在农村的人，都知道干农活有多么苦多么累，而且干农活也没有出息，父亲经常说的一句话就是：一定要好好学习，长大了也去吃商品粮，不在家里坠牛尾巴，意思就是这辈子不用干农活。其实干农活虽然累，相比于摔砖坯来说，就是特别的轻松了，小时候的农村青壮劳力没有其他收入的人又想赚点活泛钱，都去附近的砖厂摔砖坯挣点辛苦钱，摔砖坯这种活才是真的累，干一天之后，真的累得直不起腰来。在农村还有一种活比摔砖坯还累，那就是挖河。因为我们这里的河大都是人工河，河里面的水大都是黄河水，河道特别容易堵塞，每年的农闲季节，农村的劳力都要义务出工去挖河，而且一般都不是在附近挖河清淤，而是到离家很远的地方，我们这边也有人来挖河清淤，大都是外地的人。我没有挖过河，但是见过挖河的情形，几个人一辆小独轮车，从河底装上土，几个人合力把独轮车推到河岸上，河岸一般特别高，坡度也特别陡，真的需要完全靠人力把一车土推到河岸上。力气小的人干这个活，真的能把人累得半死不活，有不少头两次挖河的年轻人，累得都能大哭起来。父亲为了鼓励我好好上学读书经常挂在嘴边的一句话就是：“好好上学，考上大学就不用挖河了，否则就你这小体格，挖河你真的受不了，到时候大家都累，真的没有人能帮你干这个活。”

好在我经过自己的艰苦努力，终于成为我们村里第一个大学生，这一辈子没有挖过河。不过好多小伙伴也没有挖过河，后来有了大型机械，基本上不用人工再挖河了。现在的河岸都铺好了石板砖，也不用每年挖河了。

离开故乡已经多年，现在我已经人到中年，快到了圣人说的知天命的年龄，可是依然受着故乡的制约，思想、行为依然是农村的模样，虽然已经不缺吃少穿，虽然已经有房有车，虽然账户里面也有了闲钱，可是买点东西花点钱还是会心疼。无论看到哪里的水和河，总会想起故乡的河流，看到水之后，还总想着去抓鱼。梦萦中还总是出现故乡的河流，梦中还经常在河水中玩耍，逮鱼。看过周蓬桦老师的散文集《沿着河流还乡》感触颇深，每个人都有一个精神的故乡，每个人都有一个物质的河流，我的故乡，我的河流，我什么时间能够再回到你的身旁？

新的一年开学时

昨天晚上躺在床上，耳畔又传来了狂风怒吼的声音，在这个不应该北风撒欢的季节里，听到北风的吼声，心情比较的悲苦，窗外的雨下个不停，给这个初春的夜晚增加了些许的寂寞，怒号的北风预示着温暖又离我们远去，无聊至极，拿起手机，点开朋友圈看看，两个朋友在晒学校门口接孩子的图片。凄风苦雨中，家长们在夜雨冷风中等待孩子从学校里面出来。夜色朦胧中，隔着手机屏幕都能感觉到家长的辛苦，孩子的不易。看着屏幕，我的思绪又回到了昨天上午。

昨天上午十一点多的时候，我正在电脑前忙碌着，小儿子兴高采烈、眉飞色舞地从外面走到书房门口大声说道："爸爸，我们今天下午不开学了！"声音中满是喜悦，弄得我莫名其妙，不是说好的今天下午开学吗？老师无数次在群里提醒，28 日下午开学，让下午四点钟准时到校，怎么又不开学了。我急忙去看手机上孩子的班级群，儿子的班主任王老师在群里发了通知：

"紧急通知：因天气预报报道学校周边下午两点至五点有中到大雨，为避免大雨对学生书籍、寝具淋湿造成不便，保证顺利开学，现将春季开学时间推迟至 3 月 1 日上午。初二返校时间为 7:40～8:10。"

我一边发自内心的感激学校的人性化管理，一边心中又暗自叹息，这个小子又增加了一下午的自由时间，肯定又会相伴手机，还好在他哥哥的管教之下不再玩游戏了。前天知道开学的消息之后，老二还愁眉苦脸地说假期快要结束了，我还说他马上就能走进熟悉的校园，见到熟悉的同学和老师多好，应该高兴不应该烦恼。

小儿子躺在床上打了个滚，脸朝上冲着天花板用假装忧伤的语调大声地说："啊，我真的痛苦呀！我多么想尽快走进我熟悉的校园，我多么想尽快见到我敬爱的老师，我多么想快点见到我熟悉的同学们呀！"表面上看是为推迟开学忧伤，其实傻子都能听出来这里面满满的都是开心和欢喜。

这一场雨，对有些人来说是麻烦，比如接送孩子上学的家长，可是对于大自然来说，这就是一场及时雨。"好雨知时节，当春乃发生，随风潜入夜，润物细无声。"在老家的群里，好多人兴高采烈地说："这场雨下得真好，不用浇地了，省钱了。"春雨贵如油，八月十五云遮月，正月十五雪打灯，正月十七、十八的这一场雨，正好下在初春的季节里，2020年的艰难已经成为过去，2021年，应该是风调雨顺，国泰民安的一年吧。祝愿我们的祖国在经历了这一场磨难之后，更加的繁荣昌盛。2020年中国摆脱了贫穷，2021年的神州大地应该富饶和美丽。

今天早晨，妻子早早起床做饭，打发老二去上学了，老大还在被窝里面躺着，现在的孩子都这样，不能再用老观念来看现在的孩子了。好在老大也快要开学了，山东师范大学今年的开学日期是3月7日，儿子准备早走一天，6日就想回学校，这点我支持，早去早准备，今年还需要准备英语六级的考试。老大也真的很懂事，不仅仅帮我管他弟弟，有点好吃的东西也知道留给弟弟，昨天剥开一个橘子，吃着很甜就立即给弟弟送过去。为了不让弟弟玩游戏，老大带头把手机和电脑里面的游戏全部卸载了，一名大学生能做到这一点的确不容易。

前两天去参加“小雨滴读书会”的活动，我带着两个儿子一起去的，两个大小伙子跟在身后，站在两边真的很神气，读书会创办人刘胜前笑着说：“真好，两个儿子就是你的左膀右臂！”大人过得就是孩子的日子，有了孩子，生活才变得更有价值，生存才变得更有意义。我有两个儿子，在他人眼中也许认为这是我的负担，需要准备两套房子，但是在我心中却是自豪和骄傲。

又到一年开学季，新的一年开学时，等老大再开学之后，我的这一年也就算正常的开始了。新的学期，希望两个孩子都把时间和精力放在学习上，就算不是特别的出类拔萃，最起码也要保持一颗上进的心，知道时间和精力应该用在什么地方，而不是浑浑噩噩度日。

窗外的雨似乎停了，天还是阴沉沉的，我又打开手机看了看，如果手机上的天气预报准确，这一场雨便真的结束了，这一场雨之后，才是真正的春色满园，春光无限好。

孩子的抗议

最近一段时间，右手的食指总是酸涩、疼痛，都有点不敢敲键盘，抓鼠标了。昨天晚上给手指抹了点舒筋活血的药物，用保鲜膜包上了。晚上小儿子放学回来，看到我的手指包着保鲜膜，关心地问我怎么了，我告诉他之后，他说，怎么和一些网络作家犯一样的毛病？人家那些写网络小说的，每天打字，才有这样的毛病！这小子的话里意思是：我是不是有点矫情了？我听了心中也是颇不服气，你爹虽然不像网络作家那样每天敲那么多字，但是每天下来，也都在电脑上敲打五六千字呀，一点也不比那些网络作家差。

小子一听，不知道脑瓜子哪根筋出了问题，非要看看我写的内容，我把手机拿给他，让他看昨天写的那篇文章，看完之后小家伙提抗议了。

老二拿着手机，愤愤不平地看着我说："你以后能不能别总是写我不好的一面，要多宣传正能量，多写点我好的方面。"

我看着孩子笑着说道："你有好的一面吗？你说说我看看，有的话我就多写写。"

"怎么没有，就像我刚才帮你拿牛奶，就是关心你。"小儿子还是一脸的不服气，"这个世界并不缺少美，而是缺少发现美的眼睛和心灵。"

臭小子都知道引用哲理来说服我了，看来儿子还是比较乖巧可爱的。

刚才妻子烫了两包牛奶，小儿子正在喝其中的一包，我看他喝牛奶，突然感觉有点口渴，也想喝点牛奶润润嗓子，于是让小儿子把那一包牛奶递给我。小儿子看我想喝这包牛奶，立即和我说：“这一盒是我哥的，你喝了他就没了。”

“他要是想喝，再让你妈帮他烫一包就行，这一盒我喝了。”

但是手上包着保鲜膜，不方便把吸管插进牛奶盒中，于是让儿子帮我把吸管插进去。就这点事情，在儿子的心中就成了正能量了。不过想一想也是，儿子帮我，帮助别人，关心别人，就是正能量。看来孩子长大了，以后真的需要有选择地写了，不能事无巨细都写出来。有时候往往是说者无意，听者有心呀。

其实每个孩子都有优秀的一面，不能总是看到孩子的不足，也要看到孩子的成长和努力。昨天老二第一天开学，我问孩子怎么样，第一天都干了什么，儿子说也没有做什么，一天了，都是考试。我又问孩子考得怎么样，儿子说就英语成绩出来了，考了92分，分数不算很高，我又问在班里92分处于什么情况，儿子说应该是第二吧，最次也是第三。

用文字记录生活，等到未来的某一天，看到这些文字，能够回忆起以前的时光，也是生活中的一种温馨和幸福。

前两天的阴雨已经成为了过去，现在的窗外阳光灿烂，小湖边的柳枝已经是春天的绿色。愿孩子在阳光下灿烂地成长。